生きる力

引き算の縁と
足し算の縁

笠井信輔

KADOKAWA

生きる力

引き算の縁と足し算の縁

はじめに

2019年12月17日午前2時25分、55歳と50歳、2人の弟にLINEをする。

夜遅くごめんなさい
色々考えているうちに、時間がおそくなってしまいました
実は……
病気になってしまいました。「悪性リンパ腫《しゅ》」という血液のがんです
フリーになって2か月、いきなりの宣告に「かんべんしてよ」というのが正直な気持ち
全身にがんが散っているらしいので、あちこち痛いんだけど、鎮痛剤でなんとかしてる
負けちゃいられない。このまま消えるわけにもいかない
インスタグラムだけだったけど、ブログも始めます

お袋と親父には、きのう、伝えました。お袋はさすがに泣いてたけどね
夜遅くごめん。とにかく、新聞発表までは、誰にも言わないでね
じゃ、お休み

兄貴から真夜中に突然こんなＬＩＮＥをもらって弟たちはどんな気分だっただろう。私はといえばもう自分のことで精一杯。この後、自分の入院中の様子が毎日のようにネットニュースになるなど考えてもいませんでした。ましてや、新型コロナウイルスに世界中が汚染され入院中に世の中が一変するなんて。

これは、日本が余りにも劇的に変化した時期に悪性リンパ腫という《血液のがん》になってしまったアナウンサーが、「ステージⅣ（４）」から「完全寛解」に至るまでの闘病の記録……。であると同時に「交流の記録」。

フリーになったのを機に始めたブログとインスタグラムは、それぞれ17万人、30万人もの方々がフォローしてくださっていました。それは一方的なものではなく確実に心と心をつなぐ絆《きずな》となっていました。

ですからこの本では、私のＳＮＳに寄せられたコメントも掲載する珍しい形をとっ

ています。皆さんの体験が書かれたコメントを読むためにフォロワーになってくださっている方もいるくらい、私のブログに集まったコメントは内容が濃いのです。

ＳＮＳをやったこともなかった56歳が、「死」に直面したからこそ開いた新たな扉とその先の世界を多くの方にもぜひ、この本で体験してもらいたいと思っています。

人生にとって「引き算」でしかないがんとの闘い、そして、４か月半にわたる入院生活。

私はそれをどうやって「足し算」として捉《とら》え直していったのか？

死を覚悟した私に「生きる力」を与えてくれたものは何だったのか？

今回、自分の体調不良から入院までの過酷だった日々を書き下ろし、きつかった入院生活をブログやインスタグラムとともに改めてつづることで、人生に大きく躓《つまず》いたときの本音と対処法をお伝えしたいと思っています。

がんの方にも、そうでない方にもお役に立てればと。もう局アナではないので、枠を取り払って思い切って書きました。

２０２０年　10月吉日

目次

第2章

入院

第3章 秘訣

第4章

起動

第5章

寛解

発覚

第1章

このタイミングでなぜ!?

もうフジテレビを、「とくダネ！」をやめたい

「フジテレビを辞めてフリーになりたいと思っているんです」

お台場《だいば》のホテルの喫茶店に小倉智昭《ともあき》さんを呼び出して相談したのは、2018年の5月のことでした。フジテレビに入社して30年、「とくダネ！」を担当して20年になろうとしていたころです。

なぜ辞めるのか？　それは、「フジテレビアナウンサーとしてはそろそろ限界、役割を終えている」と感じ始めていたからです。

番組スタート当初から出演を続けているのは、メインキャスターの小倉智昭さんと私の2人だけですが、ここ3年はどんどん自分の出番が減っていくのが如実にわかりました。

そこで、何を考えたか？

それは「組織における自分の限界を自分で見極める」ということでした。

定年まで5年、役職定年まで2年。「とくダネ！」でやることはすべてやってしまった。55歳という年齢になり、これからフジテレビでどんな仕事が待っているのか――そう考えたとき、自分では明るい未来を見通すことができなかったのです。

丁度そのころ、敬愛する山下達郎さんのライブを観に行きました。「55歳の時に決断してコンサートツアーを復活させて今がある」と達郎さんが話すのを聞いて、「やはり今だ」と思いました。心境は、「清水《きよみず》の舞台」ですがね。

小倉さんはちょっと表情を和らげ、やっと決めたんだなという感じで、

「5年遅いな。でもいいと思うよ。笠井君ならやっていけるよ」

その言葉に勇気をもらいました。

その後、妻に「辞めようかと思う」と告白した時、妻が言った言葉も、

「いいんじゃない？　でも、5年遅かったけどね」

なんと、2人が同じことを。

こうして私はフジテレビ退社を決断しました。

順風満帆のように見える私のアナウンサー人生もいろいろありました。

思い出深いのは、30代前半にラサール石井さんと情報番組の司会を担当していましたが、今一つ視聴率が振るわず司会者交代。ところが「リポーターとして残ってほしい」と情報部門の幹部から要請がありました。しかし、

「司会者として首を切られたのに、同じ番組に残るなんてできません」

と拒否したことでトラブルになり、「お前はもう情報番組では使わない」とすべての情報番組から降ろされました。

それでも不安はありませんでした。妻が大丈夫と言ってくれたからです。妻は同期で、テレビ東京の元アナウンサー茅原《ちはら》ますみ。今もテレビ東京で働いています。

会社の方針と自分の気持ちが合わないことに悩んでいる私を見て、「いいじゃない」と背中を押してくれたのです。妻はなかなか頭の回転の速い人で、先を見通す力があります。私にとっては、プロデューサーのような存在で、「めんどくさいことを言うなあ」と感じることもあるのですが、正しい判断ができる人なので、彼女が私の応援に回ってくれたことは百人力でした。

しばらくすると、報道局のスタッフが、私が情報番組部門から放り出されたことを聞きつけ、「スーパータイム」のリポーターに採用してくれました。すると、半年後に始まった夕方の大型ニュース番組のメインキャスターに私は選出されたのです。

ところがまあ、低視聴率で、番組は1年で打ち切りに……。

今度は、私が夕方のニュースキャスターを降ろされるらしいと聞きつけた情報番組部門のプロデューサーから、朝のワイドショー「ナイスデイ」の司会になってほしいとオファーがあったのです。

「僕を使ってはいけないのでは？」

「それは了承をとってあるから大丈夫」

こうして私は「ナイスデイ」の司会者として情報番組に再び戻ってくることができました。

しかし……。やっぱり視聴率が全然上がりません。「ナイスデイ」もわずか1年で打ち切りとなりました。そして後番組として「とくダネ！」がスタートするのですが、ここで再び信じがたいことが起きました。

「とくダネ！」の生みの親、西渕憲司《にしぶちけんじ》プロデューサーから、

「司会は小倉さんに交代するが、番組に残ってほしい」

と依頼されたのです。〝また〟です。しかし、社会の荒波にもまれ、少し大人になっていた私は快諾しました。妻も「本気で頑張って」と言ってくれました。

――早いものであれから20年が経ちました。私は「とくダネ！」という長寿番組を、大好きだったフジテレビを去る準備に入ったのです。

小倉さんががん……

2018年の秋。私は会社に正式に辞めたいと報告しました。その際の上司の言葉

に私は耳を疑いました。

「笠井も悪い時に辞めるよなあ。もうすぐだよ、小倉さんががんを発表するの」

「がん⁉　小倉さん、がんなんですか」

「お。知らなかったか？」

「聞いてないですよ！」

「膀胱《ぼうこう》がんで今度の手術は結構大変らしい。入院は2か月はかかると思う。それでも辞めるのか？」

結論は明白でした。小倉さんが一大事の時に辞めることなどできません。小倉さん不在の間、私にも番組を支える責任があるのです。私の退社は半年間延長され、2019年の9月末日となりました。


小倉さんの膀胱がん手術は成功し、番組にも復帰。

2019年7月30日に、私のフリーアナウンサーへの転向が、サンケイスポーツとスポーツニッポンで報じられました。退社の2か月前のことです。

あわせて、小倉さんが所属する事務所「オールラウンド」に入れてもらうことも発表。

しかし、私の心は穏やかではありませんでした。退社2か月前のこのころ、体調が思わしくなかったのです。悩んだ末に私は小倉さんに相談しました。

2019年7月26日。小倉さんにLINE。

お疲れ様です
小倉さん。お休み中すみません。私、膀胱にトラブルを抱えていると思うのです
先々月、前立腺がんと膀胱がん用の血液検査をしたところ、「異常なし」でした
しかし、
①頻尿、1時間から2時間に1回トイレにたちます
②なかなか尿が出ない
③出すときにいきむ必要がある
④ツーンと痛みがはしる
⑤少しずつしか尿が出ない
⑥キレが悪い
などなど、ここ1か月で、症状がどんどん悪くなっているのです

一言で言えば「排尿障害」。この言葉も、病気になってから知りました。

ここに書いているように、フジテレビ在職中の5月にがんの検査をしています。小倉さんが「膀胱がん」を克服したことで、自分の体のことが気になってしまい、検査を受けたのです。

5月15日に出た検査結果は、

検査項目：前立腺がんマーカー（PSAタンデム法）

結果：正常範囲内

前立腺がんマーカーは正常でしたので心配ありません

しかし、検査では異常ないと診断されたのに、どんどん具合が悪くなっていったのです。小倉さんも「さらに検査をした方がいい」とアドバイスをくれました。

そこで、別の病院で泌尿器科の非常に優秀な先生に診ていただくことになりました。検査結果は、「前立腺肥大」。つまり5月の検査、そしてこの8月の検査でもがんという診断は出なかったのです。

でも……がんでした。これが「悪性リンパ腫」の難しいところです。

8月、さらに行った3回目の検査・尿検査で初めて「擬陽性」との結果が出て腫瘍《しゅよう》が確認されました。がしかし、これも「ｃｌａｓｓⅢａ（おそらく良性）」だったのです。

後でわかったことですが、この時、すでに私は悪性リンパ腫だった可能性があったそうです。しかし悪性リンパ腫をまったく疑わない段階で病院に行き泌尿器科で検査をしても、悪性リンパ腫とはなかなかわからないそうです。

もっと言うと、毎年毎年、人間ドックで検査を受けても、悪性リンパ腫はわからないことがあるそうです。実際、私がそうでした。

それじゃあ、どうしようもないじゃない！

つくづく厄介な病気にかかってしまいました。

激痛に襲われた

「前立腺肥大」という診断を受けた私は、新たにフジテレビからも通いやすい病院に通うことにしました。

ところが「排尿障害」は治ってくるどころか、どんどん悪化していったのです。

トイレの前に立った時に猛烈にいきまないと尿が出てこない。場合によっては「うーん」と、うなってしまうこともありました。人に見せられたものではありません。

さらに困ったのは「頻尿」です。大体1～2時間ぐらいでトイレに行きたくなってしまうのです。私にとって重要な仕事の一つに映画の試写会があるのですが、映画はだいたい2時間強。クライマックスあたりで映画の興奮と尿意の闘いになってくるのです。

「この映画の流れに乗って興奮したい！　でも興奮すると漏れそうになってしまう。だから感情を抑えよう、落ち着け、落ち着くんだ！」

これでは映画を正しく評価できません。

そのころでした。私にとって非常に大きな「事件」が起きたのです。

退社1週間前の9月23日、私は渋谷東急Ｂｕｎｋａｍｕｒａにあるシアターコクーンで吉田鋼太郎さん演出のお芝居「アジアの女」を観に行きました。

映画と同じようにお芝居が大好きで、年間１００本は舞台を見ています。これほど劇場に足を運んでいる局アナは他にはいないと自負していました。さらに映画を毎年１５０本ほど観ているので、スケジュールはいつもいっぱいいっぱい。テレビドラマも観る暇がないくらいです。

主演は石原さとみさん。観始めてしばらくすると、急に腰が痛くなり始めました。それはいつもの尿意とは全然違うもの。あまりの痛みに物語が、セリフが、頭に入ってきません。脂汗をかき始め、体を動かしてなんとか痛みを逃がそうとしたので、後ろの人はかなり迷惑だったと思います。

そしてようやく幕間《まくあい》。ここで私の精神は事切れました。今まで映画やお芝居の途中で帰るなどという、カンヌ映画祭のお客さんみたいなことはしたことがありませんでした。

しかし、あまりの激痛に耐えられず、キャストやスタッフの皆さんに申し訳ないと思いながら私は劇場を出たのです。

劇場を出てしばらくしても腰の激痛は一向に治る気配がありません。一体なぜこんなことに……。思い当たる節がありました。

引越し作業です。大きな声では言えませんが、私はアナウンス室のあちこちに自分の資料や放送に使う小道具などを溜《た》め込んでいて、想像を絶する量になっていました。この片付けが大変で慣れない力仕事だったので腰を痛めたのだろう……。

そう確信した私は飛び込みで渋谷の健康堂整骨院へ。対応してくださったのはベテランの女性。何歳なのかよくわからない不思議な感じの方でしたが、みるみるうちに腰の痛みはなくなっていったのです。

感謝感激雨あられ。良い店に入ることができ、本当にラッキーだと思いました。こうして整骨院とのお付き合いが始まるのです。

「いやいや違うでしょ、がんでしょ、検査で擬陽性なんでしょ」

今ここを読んでいる方は、瞬間的にそう思ったと思います。確かに今思えばそうです。でも考えてみてください。私は2回の検査で「がんの疑いはなし」。その結果を得て、3回目の検査でも「腫瘍が悪性である可能性は低い」との結果でした。

さすがに、がんの可能性は私の頭の中から消えかけていたのです。

泣かなかった「とくダネ!」卒業

振り返って今思えば、大変だったのは、人生の一大事である「退社」と「フリーアナウンサーへの転向」と「がんの発生」がほぼ同時進行で起きていたことでしょう。とにかくスケジュールがめちゃくちゃになりました。

9月23日の激痛は、施術によって緩和されたものの、2〜3日するとまた痛みに襲われ、整骨院を訪ねました。この時はがんが原因だということがまったくわかっていなかったので、なんとか施術で治そうとしていました。その後も3日に1度のペースで足を運んでいました。スタッフの皆さんには本当によくしていただきました。

そして、9月27日金曜日……。

20年間、毎日毎日出演してきた「とくダネ！」の最終日。最後は20分近く私の特集を組んでいただき、たくさんの懐かしい映像でここまでを振り返り、そして視聴者の皆さんにご挨拶《あいさつ》をしました。

「とくダネ！」のスタッフやフジテレビの仲間たちは皆、涙涙で号泣の笠井信輔を想像していたようです。私はそれくらい涙もろいアナウンサーとして有名でした。この33年間、何回スタジオで涙したかわかりません。アナウンサーというもの、常に冷静でいなければならず、本番中や取材中に涙など見せないもの、そう考えている方は少なくありません。

ただ私は常に「素直な感情で現場やスタジオにいよう、喜怒哀楽をしっかりと表現できるアナウンサーでいよう」と心がけていました。泣くことは恥だとは思っていません。ですから、仲の良いスタッフたちも、アナウンス室の可愛い後輩たちも「笠井さん、絶対に泣く」とうれしそうに言っていました。

しかし、私は首を切られたわけではありません。辞めるように仕向けられたわけでもありません。自分自身の決断として外の世界に出ることを決めたので「最終日はメソメソしていてはいけない」と心に決めていました。

5分にわたるお別れの挨拶の中で、言葉に詰まりわずかに涙したのは一箇所でした。小倉さんのがんの話をした時です。小倉さんが見事に病魔を克服してスタジオに戻ってきた時の感動は今でも忘れません。その時のことを思い出し思わず泣きそうになりましたが、そこはこらえました。

自分で言うのもなんですが、最後の生放送、うまくできたなと思っています。


10月1日、火曜日。

フリーアナとして第2の人生幕開けの日。最初のスケジュールは……。

「午前10時　腫瘍・血液内科検査」

なんなのでしょうね。

何回目の検査なのか？　もう自分でもわからなくなっていました。いろいろな人の話を聞くと、悪性リンパ腫はそこにたどり着くまでに何度も検査をしている人が少なくありません。それぐらい見つけるのが難しい病気なのでしょう。

ただこの検査は、これまでとは明らかに違っていました。前立腺肥大の治療を行っている泌尿器科ではなく、まさにがんを専門に扱う腫瘍・血液内科での検査です。私の治療は「もしかするとがんかもしれないので一応検査しましょう」という状況になっていたのです。

なぜ、治療の駒を進めることができたのか？

実は、一向に改善しない排尿障害の原因を調べようと、泌尿器科で下腹部を中心としたＣＴを撮ったのです。その結果はやはり「前立腺肥大」。ところがＣＴ画像をチェックした放射線技師・放射線科医の方から、「骨盤にわずかに気になる影がある。さらに検査を進めてみてはどうか」との所見が伝えられていたのです。

このＣＴ検査がきっかけとなって私は「悪性リンパ腫」だということが判明しました。

排尿障害の検査に来た患者のＣＴを撮って、そこで終わらずに、骨盤の方にまで目を配り微妙な影を見つけてくださった技師・先生は一体誰なのか？　患者はそういった先生方にお会いする機会がないので未《いま》だわかりません。

「あのタイミングで骨盤の異常を見つけることができたのは良かった」

と、後に私の主治医となった先生は話してくださいました。本当にそう思います。

そうした表舞台にいない方々に私は救われたのです。いつか直接お礼を言いたいなと思っています。

まさか……悪性リンパ腫かもしれない

血液腫瘍内科の担当は女性の先生で頭の良いテキパキとしたとても判断の早い方でした。とにかく「仕事が空いている日は病院に来てください」といった感じで、次々と検査や診察を入れていきます。

その結果……。

初めて「悪性リンパ腫」という言葉が出てきました。

「笠井さん、やっぱりがんかもしれない」

「それは確定ということですか？」

「まだそこまでは言い切れないですけど……」

このころになると、もう心穏やかではありません。もしがんだったらどうしよう。フリーになったばかりで、これから稼がなくてはいけないのに。悪性リンパ腫って何だ？　先生は血液のがんだと言っていたけれども、それが腰の痛みと関係あるのだろうか？　だとすると腰痛は会社からの引越しのせいではない？　整体や鍼《はり》は無駄だということなんだろうか？

頭の中が混乱をきたしています。でも……「決まったわけじゃない」。がんと確定する前にくよくよしていても仕方がないし、あれこれ心配していてもしょうがない！　そう心に決めました。

こうした時点で、自分の病気についてネットや本であれこれあれこれ調べるタイプの人もいると思います。私の周りでは「めざましテレビ」の蝶《ちょう》ネクタイアナウンサー軽部真一《しんいち》さんがそのタイプです。

CS放送・フジテレビTWOと日本映画専門チャンネルで放送している「男おばさん!!」という映画紹介番組で私とコンビを組んでいる先輩です。2人でもう20年続いている番組なんですよ。

「フジテレビで一番仲の良い人は？」と聞かれる時は、私は瞬時に「軽部さん」と答えています。それぐらい大好きな人です。

その軽部さん、大変な病気心配性なのです。何かと言うと自分の体の不具合をネットで調べています。そして私によく言っていました。

「笠井、がんかもしれない」

「またですか？」

「でも今の症状を調べていくとこういう結果になるんだよね」

こんな会話をいったい何度したことでしょうか。

私はどちらかと言うと、自分が調べると気持ちが情報に引っ張られてしまうので、「悪性リンパ腫の可能性」という診断が出ただけでは、本を買ったり、ネットで調べ尽くしたりはしません。もし生存率が低かったり、治療にとても時間がかかってしまう病気だったら、確定もしていないのに嫌になってしまうではありませんか。

実際、今日の今日まで、がんに関する本、悪性リンパ腫の本、白血病関連の本は一切買いませんでした。ネットでさっと調べて印刷して頭の中に入れておく。「とくダネ！」でプレゼンテーションをする芸能人の病気についての方が、深く詳しく調べていました。

「自分の病気について調べすぎない」

これは、自分が体験したからこそ言えるがんと向き合うコツの一つだと思います。本や特にネットには厳しいことがたくさん書かれています。でもそれは、「私のがんの解説」ではありません。「そういう人がいた」という話ですから。自分の病気の勉強を熱心にする人が必ずしも良い患者とは言えないと思います。それをすべて脳に吸収していったら、心がもちませんから。信頼できるがん情報サイトを見つけて、情報を取捨選択できる力があるのならいいのですが……。

人はみな、軽部さん以上に臆病《おくびょう》なものだと思うのです。きっと。

夢のゴールデン番組たちで地獄を味わう

フリーに転身してまず思うことは、

「一体いつゴールデン番組に出演できるのだろうか？」

チッチャイな、と思うかもしれません。でも給料制ではありませんし、仕事がなければ1円も入ってこないというのがこの世界です。

そして来ました！　最初のゴールデン番組は退社直後の10月初旬、日本テレビの「有吉《ありよし》ゼミ」。うれしさもつかの間、オファーされたのは信じられないような辛いものを食べる競争のコーナーです。私は辛いものが大嫌い！　しかも、排尿障害と腰痛を抱えている身です。

「嫌ならやめましょうか？」

「やります！」

優しい加藤雄一《ゆういち》マネージャーの提案を遮るように、私はそのオファーを受けました。

当日、ロケ現場の中華料理店。「よーいスタート」で始まった本番。

いったいなんと表現していいかわからないドス赤い食べ物（ラーメンらしい）を、

一口、二口、次の瞬間、

「どひゃぐあげぼがが!!」

何とも言えない衝撃と痛みが口と喉《のど》に走ります。

「これは食べ物じゃない！」「毒なんじゃないか！」と言おうと思ったのですがやめました。

というのも、マネージャーから本番前、何度も言われていたことがあったのです。

「笠井さん、ゴールデンのバラエティだからといって、気の利いたことを言おうとしたり、笑いを取ろうとする必要はありません。この番組はとにかく一生懸命食べて完食することとです」

体はSPのように大きいけれども、いつも優しい加藤マネージャーがとても厳しい口調で私にそう指導していました。とにかくそのことを肝に銘じて、食べきることだけを考えていました。

そして、死ぬ思いをしながら見事に完食！　その放送の反響は、私の予想以上に大きいものでした。

息子たちも「父さん評判いいよ」「いつもディスられてるのに辛いの全部食べたって。こういう時は評判いいんだね」と、うれしそうに言ってきました。

余計なお世話だけれども本当にそうなのです。どちらかというと炎上系のアナウンサーで、ネット上の評判はあまり良くなかった私。しかしこの時ばかりは本当に知っている人も知らない人も、皆がほめてくれました。

加藤マネージャーの指示は正しかったのです。「加藤さんの言うことに従っていれば間違いない」。この一件で私はそんな風に考えるようになりました。

次に入ってきたゴールデン番組がＴＢＳ系の「林《はやし》先生の初耳学」、そしてその次がテレビ東京のゴールデンの旅番組でした。局アナとして1期下で友人の福澤朗《あきら》くん（ふくちゃんと呼んでいます）がメインを務める鉄道旅番組です。大好きな鉄道モノなのですが、これが大変でした。

旅は旅でも線路脇を1泊2日、延々と「歩く」という、電車に全然乗らない「鉄道沿線ひたすら歩き旅」、そういう番組だったのです。

1泊2日で40キロを歩くのは本当にきつかった。私は体の痛みをこらえながら〝新人タレント〟として、必死に仕事をこなしていったのです。

「東京国際映画祭」、痛みとの闘い

フジテレビの局アナとして32年半働きましたが、会社以外で私にとって最大の仕事が、国家事業ともいえる「東京国際映画祭」でした。２０１２年から昨年まで、８回にわたって参加しています。そのうち6回は、オープニングセレモニーとクロージング・セレモニー（授賞式）の総合司会も担当させてもらっています。

私は中学時代から映画マニアでした。アナウンサーとして仕事をする中で、そばにいる小倉さん、軽部さんに負けないようにするためにはどうすればいいのか、常に考えていました。音楽に関してはまったく歯が立ちません。しかし映画なら、２人が音楽に費やしている時間、映画を見まくっていればその分野は負けないのではないか？　そんな考えから、この20年ぐらいは時間があれば映画を観ていました。

こうしたことを続けているうちに、やけに試写会場に来ているアナウンサーがいると認識してもらうようになり、笠井＝映画というイメージが業界に定着したのです。

この年の東京国際映画祭が始まったのは例の地獄の「沿線ひたすら歩き旅」の５日後。腰痛は一段とひどくなっていましたが、フリーになっても司会者として採用してくださったことに感慨もひとしおで、なおさら体調不良は気づかれてはいけません。

私の仕事は、オープニングセレモニー、授賞式の司会の他に、毎日上映されるコンペティション部門作品の記者会見の司会など、１日３ステージほど。がんかもしれないという状況の中で、ステージ上で腰痛が起きないようにするために、どのタイミングで鎮痛剤を飲めばよいかを考える日々でした。

期間中、映画祭とは別に笑福亭鶴瓶《つるべ》師匠の主演映画「閉鎖病棟―それぞれの朝―」の舞台挨拶の司会が2ステージありました。さすがにしんどい仕事になると想像はつきましたが、鶴瓶さんの演技があまりにも良かったので、この仕事も人には譲りたくありませんでした。

11月5日。最後に授賞式の司会をして10日間の東京国際映画祭をなんとか乗り越えることができました。局アナ時代もこんな調子で仕事をしていたので体を悪くしたのかもしれない、と病気を経験した今は思っています。とはいうものの「若いころはそれくらいの熱意とパワーがなければ、上にはいけない」、そう考えていたのも本当のところです。

しかし思い返せば45歳を過ぎたあたりから、妻から「もっと仕事を選んだ方がいい」と忠告されるようになりました。

「なんでもかんでも手を挙げて自分でやろうとしないの」

「それはあなたの仕事ではないでしょ？」

「あなたが現場に行ってしまうと、本来行くべき若手が経験を積めなくなるのよ」

どれも「はい、その通りです」なのです。確かに50を過ぎたおっさんアナが台風中継の現場に行くなどという番組は他にはありません。役職は部長待遇でした。

でも、他に行っているおっさんアナがいないのなら、余計に現場に出て行ってやろうと思ってしまう、それが私のアナウンサーとしての基本精神なのです。ただ、毎年映画を150本見て、お芝居を100本見て、それ以外のところでアナウンサーとして全力を出して……確かに体、壊しますよね……。

痛いいいっ！　骨髄生検と骨髄穿刺

無事に東京国際映画祭を終えた4日後の11月9日、生検の日となりました。

生検とは「生体検査」の略で、組織片を採取してがん細胞がみつかるか調べるというものです。腰に太い針を刺して骨盤から骨髄を採取する「骨髄生検」と、細い針を刺して骨髄液と細胞を採取する「骨髄穿刺《せんし》」を行いました。

問題は、うつ伏せになって太い針を腰に刺す骨髄生検。まー、痛いの何のって。

腰にぶっとい針を狙う位置まで深く刺すのですが、

「硬い、笠井さんの骨盤硬いですね。密度が高いんですね」

などと言いながら、女性の先生が全身の体重をかけながらグリグリと針を刺していくのです。その度に体全体が押されていくような感覚。

実に痛そうですよね。でもね、これあまり痛くないのです。その前にさす麻酔の方が痛いくらいでした。でも太い針で体を押さえつけられている患者の恐怖感は大変なものです。

「届きました」

ここで先生の力が緩みます。私もようやく一安心。

「では吸引しますね。ちょっと体が引っ張られるような感じがしまよぉ……はい！」

その瞬間！

「ぎゃがぐあぎばば☆×◇▲」

体の真ん中から神経が引っ張り出されるような感じで、一瞬なのですが、猛烈な痛みが！

「はい、おわりました」

「ふー！」

56年間生きてきて初めての感覚。事前に痛いと聞いていなくて良かった。

最悪の告知

――「病状説明用紙」――

説明日：2019／11／22
笠井信輔さんのご病状について下記のように説明しました。
診療科：腫瘍血液内科

骨髄生検・骨髄穿刺の結果
悪性リンパ（B細胞性）が見つかりました。

悪性リンパ腫は約90種類に分類され、それぞれ標準治療が異なります。したがって、可能な範囲で専門的な病名を突き詰める必要がありますが、正確な診断に至るまでには時間がかかることもしばしばです。
（中略）ある程度のところまで診断が詰められ、病期診断（ステージの確定）に必要な検査や、治療前に内臓機能評価をする検査を受けて、入院による抗がん剤治療開始が望まれます。

これが、最初の病院で最初に私に手渡された「がん診断書」。最悪の11月22日でした。

「がんかもしれません」

「がんの可能性は高いですね」

「珍しいタイプなので、とりあえず入院して検査を進めましょうか？」

検査が進むにつれて、最初の病院の先生からはいろいろな話を受けました。ただ、この日まではがんと決まったわけではありませんでした。

しかし、がん細胞が見つかったと言われたら何も反論できません。

それも書面を加えての回答です。

その瞬間、頭の中をよぎったのは、

「勘弁してくれよ。なんで俺ががんなんかにならなきゃいけないんだよ」

なんだかんだ言いながら最終的には、

「笠井さん良かったですね。がんじゃなかったですよ」

その答えを待ち望んでいました。

でも考えてみれば、フリーになってからあまりにも滑り出しが上手《うま》く行き過ぎていました。

「なんで、こんな病気にかかちゃったんでしょう」

私は混乱しながら聞きました。

「運が悪かったんです。交通事故にあったようなものだと思ってください」

先生の説明では、悪性リンパ腫は遺伝ではなく、食生活や働き方からくるものでもないそうで、たまたま、「はい、あなたがんです」と言われてなるようなものなのだそうです。

運が悪かった……。運ってなんだよ。それでは気持ちが収まりませんでした。

「治療にはどのぐらいかかるんですか」

「入院が、まず2週間から4週間。治療は順調に行って半年から9か月、最悪1年かかることもあります」

「1年……」

こういう時、患者というものは最悪の話しか耳に入ってきません。

「全部駄目だ。せっかく受けた仕事が全部駄目になる。フリーになったばかりでこれからだというのに、どうしてここでがんなんかになっちゃうんだよ。やっぱり右肩上りの人生なんてそうそうない。人生どこかでバランスが取られていく。プラマイゼロになるようにできているんだ」

混乱の中でそんなことをぐるぐる考えました。

最悪の日……でも仕事は待ってくれません。心と体の痛みを抱えながらそのまま日本テレビに行きインタビューを受けました。フジテレビ時代の後輩、中野美奈子さんの面白エピソードを語ってほしい、そんな依頼でした。いろいろなウラ話をしたところ、収録現場は大うけでした。

「ここにいる番組のスタッフも、放送を見るお客さんも、誰も俺が悪性リンパ腫だなんて知らないで笑ってるんだよな。俺もさっき告知されたばかりで、よくこんな時にウケる話ができるな。いやこんな精神状態だからこそ、むしろ冴《さ》えてるのかもしれない」

そんなことを考えながら、雨の中、私は高円寺へと向かいました。劇団、カムカムミニキーナの「両面睨み節《りゃんめんにらみぶし》」を観るためです。

「がんになったのでキャンセルします」などとは失礼すぎて言えません。それに、この舞台の出演者であり友人の八嶋智人《やしまのりと》さんの突き抜けた芝居を生で見れば元気がもらえるかな、そんなことも考えていました。

腰の痛み、迫り来る尿意と戦いながら舞台を楽しんだ後、楽屋で演出の松村武《まつむらたけし》さん、八嶋智人さん、ラサール石井さんたちに芝居の感想など話しました。

本当は自分ががんであるということを、「今日告知されたんだ！」と、そのまま飲みに行ってみんなに聞いてもらいたかった。

抱え込まずに全部話したかった。

「頑張って！」「大丈夫だよ」と言ってもらいたかった。

でも……できませんでした。ただ、今考えると、そんなことしなくて良かったと思います。あまりにも重い現実を友人から突然伝えられても、どう受け止めてよいかわかりませんものね。

逆に今の私なら受け止めることができると思います。死の宣告を受けたような、こちら側の気持ちが嫌というほどわかりますから。

突然のセカンドオピニオン

「がん告知」を受けたあの日、タクシーで家に帰ったのか？　電車を使ったのか？　いまだに思い出せません。

家族になんて言おう……。観劇の帰りにそればかり。子どもたちにはまだ話したくない。そんなことも考えていました。

我が家は5人家族。長男は26歳、すでに社会人として働いていて一人暮らし。親に対して、間違っていると思えば「その考えは間違っている」と堂々と反論してくるので議論になることもしばしば。昔は単なる反抗心のなせる業かと思っていましたが、経験を積み、親を越えようとしている……いや、すでに越えている部分もあります。

次男は社会人1年生の22歳。性格が私に一番似ていて底抜けに明るい。口から生まれたような子で、いつもしゃべっているか歌っています。すべての難関を「面接」でクリアしてきた人生も私と同じ（笑）。我が家のムードメーカーです。

三男は17歳。口数が少なく、かたくなな高校2年生。いろんな壁にぶつかりながら青春、真っただ中。

そして。他局ながら同期の妻です。

さすがに妻に黙っているわけにはいきません。子どもたちがいないことを確認して、

「ますみごめん、病気になっちゃった……。がんになっちゃった。悪性リンパ腫っていう血液のがんなんだ」

台所で洗い物に立つ妻に向かって私は話しかけました。

振り向いた妻の第一声は、

「そんなのウソよ。ありえない。間違ってるんじゃないの？　すぐにセカンドオピニオンを受けてください。お医者さんを探してね」

とても妻らしい。即断即決！

その後、食卓に座って2人で話をしました。私は不覚にも泣き出してしまいました。

3か月前に、三男が急に、

「今年の冬、スキーに行きたい。スキーに連れて行ってくれないかな」

と言い出していたからです。

私は喜びました。三男が自分から何かをしたいとリクエストしてくることはめったにありません。しかも私は大学時代スキークラブに所属していたので、スキーは1級。長男・次男とは、スキーを教えるために一緒に行ったことがありましたが、三男とは一度もスキーに行ったことがありませんでした。

ところが、思いもよらぬ「がん告知」によってすべて駄目になってしまったのです。せっかく楽しみにしている三男になんと謝ればいいのか。二人旅なら、今の気持ちをいろいろ聞けたはずなのに……あまりにも自分が不甲斐《ふがい》なく、妻の前で涙が止まらなくなってしまいました。

「来年行けばいいじゃないの」

そう言って妻が励ましてくれましたが、この年にスキーに連れて行ってほしい何かが息子にはあったのではないか、と思うと今でも悲しくなってしまいます。

一方、妻が提案した「セカンドオピニオン」は思ってもいませんでした。

やっと、ここから入院をして本格的な治療が始まるというのに、また別の病院で診てもらおうというのか？

そしてもう一つ、いろいろ親身になってくれている今の先生に、「別の病院の先生に診てもらいたい」などとはとても悪いし言いづらい。そんな思いもありました。

しかし、私の病気が発見までに時間がかかるような難しい病気ならば、「別の先生の診断も仰ぎたい」というのが妻の意見でした。こういう時の妻の判断は正しいことが多いのです。

私はすぐに医療関係者に詳しい知人に連絡をとって「悪性リンパ腫専門のお医者さんを紹介してほしい」と頼みました。その時に取ったメモにはこう書かれていました。

都内の病院。血液内科優秀だが、教授が忙しい
治療は上手いが、直接担当になってくれないかも

何人か紹介していただいたのですが、メモにはこの先生のことしか書いていませんでした。

まず、今診てくださっている先生の所に行ってセカンドオピニオンの話をすると、すぐに快諾してくださいました。そしてこれまでの診察データをすべて先方に送ってくださると言うのです。セカンドオピニオンを受けるのがこんなにスムーズに進むとは思っていませんでした。

まあ考えてみれば今の時代、当然のことですよね。

ところが、セカンドオピニオンの医師を紹介してくださった知人から「笠井さんの受診をお願いしたら予約が取れるのは1か月後と言われてしまった」という連絡があったのです。

そんな！　でも、それほど人気の先生ならなおさらお願いしたい！　ただ、私の体は1か月も待てる状況にありませんでした。セカンドオピニオンを今すぐにでも受けたいのです。

するとその知人がある提案をしてくださいました。

「その病院は紹介がなくても並んだ患者さんはすべて見るという基本方針の病院です。予約は取れませんが、朝一番から並んで待っていれば夕方までの間には名前が呼ばれるはずです。それでもいいですか？」

当日、私は受付開始の30分前に行って並んだのでした。

……その4時間半後、私のセカンドオピニオンのための診察が始まりました。

会いたかった先生が目の前にいました。若干の緊張。「ちょっと難しいタイプの先生かもしれない」と瞬時に思ったのは、第一印象。今の症状や自分の仕事などを説明すると先生は小さな声で早口で、

「アナウンサーをされてるんですか？」

（ぐぐ）

ちょっとショック。

先生は私の診療データにざっと目を通して、（私ではなく）私の病状に興味を持ったようでした。

「では、明日の午前中に、骨髄検査をしましょう」

（骨髄！）

言いかけて言葉を飲み込みました。あの、太い注射で背中から神経を引っ張り出されるような検査をまたやるとは。

しかし、これは、先生が担当してくださるということでもありました。

尿もれ事件

セカンドオピニオンのための検査結果を待っている間も、痛みと闘いながら毎日仕事を続けていました。するととうとう。

■11月30日（土）　スマホに残っていたメモ

初めて漏らす
初めておむつ買う
整骨院からタクシーに乗って自宅最寄り駅で降りる
とたんに強烈な尿意。トイレは駅にしかない。うまく走れない中トイレに駆け込む
しかし、間に合わず。ついに漏らしてしまった
そのまま、駅前の薬局へ
尿漏れパッドと、腰痛がひどくなってきたので鎮痛剤を購入
レジに並んだが、思い立って引き返して、夜用のおむつも買う。おむつをするのは
プライドが許さなかったが、妻にも言われたので……
もう2時間おきにトイレにいくのは、腰が痛くていやなのだ

日記をつける習慣はありませんでしたが、この日は起きたことをスマホのメモ機能に残していました。漏らすなんて……相当ショックだったのです。

これまで、こうしたことは何度もありました。近くにトイレがあったりして、ギリギリセーフなことが何度も続いていたのですが、この日ついにOUT！

情けなかったです。パンツは捨てました。

11月ころから2時間に1回、就寝中3回は必ずトイレに立つ。しかし、腰が痛くて起きられない。もんどり打ってなんとか起きて、トイレに行くともう目がさめてしまう。それを夜に3回。完全な睡眠不足。

周りからは、「『とくダネ！』がなくなって、ゆっくり眠れるようになって良かったですね」と山のように言われましたが、むしろ「とくダネ！」時代の方が体は楽でした。しかし、「今がんの検査中なんです」などと言えるはずもなく、そんな時は力なく「そうですね」と愛想笑いをするしかありません。

妻からは、「おむつをしたほうがいいんじゃない？ そのほうが眠れるんじゃないの？」そんなアドバイスを受けていましたが、私は首をたてに振りませんでした。おむつをするなんてプライドが許さなかったのです。

しかし、外で漏らしたことでプライドも何もなくなりました。その晩から私はおむつをして寝ることにしたのですが、寝たままおむつに放尿することがあれほど大変だとは思いませんでした。普通に出そうとしても絶対に出ない。下腹部に強い力をいれていきまないと出てこない。したいのに出てこないのです。

結果、毎回、「うううううん」とうめき声を上げながらおむつに放尿していました。夜の苦しみを少しでも軽減するために、介護ベッドも購入しました。背中部分が自動で起き上がるものです。7万円ほどしましたが、これは大変助かりました。

となりの部屋で寝ている次男は、

「ゆうべも凄《すご》い声だしてたね」

と、よく心配してくれていました。

あれほどダイエットに苦労していたのに、黙っていてもどんどん体重が減ってきて、「最近、笠井さんシュッとしてきてカッコよくなってきましたね。やっぱり、フリーになると違いますすね」

何も知らない後輩アナから、そんなことを言ってもらって「そう？」なんておどけたりして……。なにより、いつの間にか走れなくなっていました。足が速く動かないのです。

腰痛、失禁、体重減、おむつ、介護ベッド、走れない……。セカンドオピニオンを受けなくても自分は大変な病気にかかってしまっている。それは容易にわかることでした。

のちに、これらの苦しみはすべてがんが原因だったとわかるのです。

問題は、いつ入院するべきか？

セカンドオピニオンの結論が出る前から、重大な懸案事項がありました。

それは「いつ入院するか？」。

前述のように12月に入る前から私の体はボロボロでした。

電車に乗るとき駅でトイレに行き、乗換駅でトイレに寄り、降りた駅でまたトイレに入って仕事に向かう。排尿の痛みは我慢ならないほどで、時間もかかるので必ず個室を利用する。そのため移動時間は通常より30分余計に取っておかないと約束の時間に間に合わなくなるのです。

トイレに行く間隔があいてしまうと、突然「猛烈な尿意」に襲われ、そこからすぐにトイレに駆け込まないと漏れてしまう。そして、あの尿漏れ事件が起きてしまいました。

正直、体は12月に入ると限界に近い状況でした。

最初の病院の先生は11月下旬から12月初旬の入院をすすめてくださいました。

「とにかく早く入院して、入院しながら検査をすすめましょう」と。

よほど悪いのだろうと察しがつきました。それでも、私は入院を躊躇《ちゅうちょ》していました。12月は重要な仕事が目白押しだったのです。

①講演会が5件。もし、がんならば、長期の入院のおそれがあり、収入が一切なくなってしまう。入院費を稼ぐためにも、できる限り仕事をしてから入院したい。

②テレビ朝日の人気クイズ番組「Qさま!!」。これに出れば各民放ゴールデン番組すべてに出演したことになる。

③笑福亭鶴瓶師匠と、ももいろクローバーZのトーク番組「桃色つるべ」。鶴瓶師匠の優しさで出演が決まった番組をキャンセルできない。

④「ノンストップ!」の密着取材。古き良き仲間からの依頼で、なんとしても受けたい。

⑤そして、そして、12月16日（月）「徹子《てつこ》の部屋」。あの国民的トーク番組にフリーになりたての新米タレントが呼んでもらえた。「すみません、がんになっちゃっ

たんでやめます」なんて言えるわけがない。

一体何を考えているのか？　「命」と「仕事」を天秤《てんびん》にかけたら「命」を優先しなければいけないことは明白。皆さんはそう思うかもしれません。しかし私の思いは違うところにありました。「これから長期にわたって私は世の中から姿を消すことになる。もしかすると、もうテレビ界に復帰できないかもしれない」、「だとしたらその前になんとか世間に〝爪痕《つめあと》〟を残しておきたい」そんな思いが強かったのです。

妻も元アナウンサーです。私の気持ちを理解してくれていました。妻が「即入院して」と頼んで来ていたら、私は「徹子の部屋」に出演することはなかったでしょう。「悪性リンパ腫が確定した場合、なんとか『徹子の部屋』の収録日12月16日までは入院を延ばしたいんですが……」

私はセカンドオピニオンの先生にそのことを申し入れました。すると、

「笠井さんは……『徹子の部屋』に呼ばれる人なんですか？」

先生から明らかにいつもと違う反応が返ってきました。やっぱり「徹子」は違う、「とくダネ！」は知らなくても「徹子の部屋」は知っている！　放送開始44年というのは伊達《だて》じゃなかった！

「そうですねえ……2週間でしたら……延ばしても治療の方は大丈夫でしょう。そこまで急速に悪化するものでもありませんから」

先生もわかってくださいました。入院は「徹子の部屋」の部屋の収録を待ってから。しかし、ギリギリの判断という口ぶりではありました。

問題は、悲鳴をあげている私の体。あと2週間もってほしい。

死を覚悟した瞬間

師走に入って12月2日。最初の告知から10日が経過していました。セカンドオピニオンとして2回目の告知を受けるのです。最初の告知は1人で聞きましたが、この日は妻と長男に同行してもらいました。

別に心細いからではありません。

がんとの闘いは1人ではできないと感じていたからです。

一緒に病状を聞くことによって、家族全員で闘おうという気持ちになってくれたら、という私個人の思いから来てもらいました。

長男には、数日前に電話で報告しました。しかし、かけたタイミングが悪かった。

「父さんだけど。ちょっと大事な話があるんだけど、今いいかな？」

「あと10分でハーフマラソンのスタートだけど」

「あ、ごめん、じゃあ、後でいい。マラソンがんばってね」

さすがに、マラソン大会スタート直前の息子に、

「父さんがんなんだ」

「がん！」

よーいスタート！

＼BANG!／

というわけにはいかない。

仕切り直してその日の夕方、長男に電話をかけ直したんです。

「今朝の電話の話なんだけど」

「がんにでもなったの」

「！　なんで、わかったの！」

「あんな働き方してたらわかるよ」

あの時ほど「やはり親子だ」と感じたことはありませんでした。

親子3人で聞いたセカンドオピニオンは――

「びまん性大細胞型B細胞リンパ腫」

やはり悪性リンパ腫、血液のがんでした。

「なんでなんだよ……」

わずかな希望も潰《つい》えた瞬間。

しかも、特定の遺伝子に異常が見られ、悪性リンパ腫の中でも「非常にアグレッシブなタイプ。難しいというか、進行が早いタイプ」というのが先生の見解でした。

「入院がかなり長期になる」

「抗がん剤の持続点滴が必要な治療になる」

「予後が悪いタイプなので積極的な治療を行う」

「オーダーメイドで、数種類の抗がん剤の量を微調整して調合する」

「抗がん剤投与後は毎日、白血球量を増やす注射を打つ」

呆然《ぼうぜん》とする私の横で妻がどんどんメモを取ってゆく。さすが元報道記者でもあった妻だけあります。途中で私が口を挟みました。

「その注射は痛いんですか？」

「そこ？」

妻は、笑いそうな顔を見せました。死ぬか生きるかという告知を受けているときに「注射が痛いですか？」だなんてまるで子どもみたいと後で聞きました。しかし、それが現実というもの。

そんな私に対して、妻は先生の説明をできる限り詳細に書面に起こしてくれました。助かりました。頭が上がりませんでした。

先生は「うまくいけば4か月で退院。自宅療養に2か月。復帰まで早くて6か月」との見解でした。しかし、復帰まで1年かかることもあると。

セカンドオピニオンは、曇りガラスのその先を見せてくれるような効果がありました。しかしそれは、私にとっては非常に厳しい光景でした。

「PET（ペット）」というカラーでがんの画像診断ができる特殊な検査の結果も見せていただきました。私の全身のあちこちが黄色に光り輝いていました。「すべてがん細胞」だと先生が言います。めまいがしました。泣きたくなりました。

それまでも「死の影」は感じていました。しかし「死を覚悟」した最初がこの時でした。

「ほとんど無数といっていいほどがんが全身に散らばっています」

「えー!」と妻。

(俺、死ぬの?)

地に足がつかない感じになりました。ぼーっとして来て、

「それって良くないですよね」

と私が聞くと、

「良くないですが、もともと悪性リンパ腫というのはそういう病気ですから」

全身にがん……。樹木希林《ききりん》さんのいう「全身がん」とはこのことだったのかもしれない。そんなことが頭をよぎりました。

「実は左肩が五十肩になって、痛いんですが」

「いや、五十肩ではないですよ。左肩の骨にもがんが確認できます」

「このまえ、鍼を打ったら結構よくなったんですよ」

「でも、ありますから」

ホントに左肩もまっ黄色でした。

話せば話すほど悪い情報ばかり。

しかし、先生と話していると不思議と落ち着くのです。

先生は「大丈夫」などといううわべの励ましは言いません。「がんばりましょう!」

と感情論に訴えたり、やたらと良い情報だけを提示したりもしません。でも、冷静で落ち着いたその話しぶりに、私の病気を完全に掌握しているという、がんと闘う自信のようなものを感じたのです。

一方で、明るくハキハキと受け答えをして、その場のムード作りにがんばる妻の姿が心にジンと来ました。

「大丈夫！」妻が私を鼓舞するように声をかけてくれました。

「そうだな、頑張るよ」

そう私は1人じゃない。それだけはまぎれもない事実でした。

「がん」と言えない密着取材

運命のいたずらというと大げさかもしれませんが、関東地区で9時50分（「とくダネ！」の直後）から放送している設楽統《したらおさむ》さんと三上真奈アナが司会を務める「ノンストップ！」の密着取材は、私にとって忘れられない仕事となりました。

テーマは「男の第2の人生」。

まさにピッタリのテーマで、私に密着取材してくれるというのです。このオファーでなによりうれしかったのは、金曜班の荒木千尋《ちひろ》プロデューサーと佐久田真由美ディレクターが担当者だったこと。

荒木P（チー坊）は22年前に私が「ナイスデイ」の司会になった時に駆け出しのADで、そのまま一緒に「とくダネ！」に。佐久田D（さくちゃん）は16年前に「とくダネ！」に新人ADとして配属され、どちらも、ディレクターになって成長する姿を本当に長く同じ番組で見守ってきました。私のニュース班にいたこともあって、2人ともずいぶん原稿を直しましたよ（笑）。さくちゃんの結婚式の司会もやりました。

そのチー坊がフリーになった私を「『ノンストップ！』に呼ぼう！」と恩返しの意味も含めて企画してくれた特集だというのです。密着取材の担当Dがさくちゃん。ADだったかわいい2人が偉くなって、駆け出しフリーアナの私を支えようとしてくれていたのです。こんなにうれしいことはありません。

ただ、密着取材日が12月3日と4日。

そう、セカンドオピニオンで私の悪性リンパ腫が「確定した日」の翌日と翌々日だったのです。

本来なら、がんと向き合う男の第2の人生を見せるべきなんです。しかし、周囲にがんを秘密にしていたころだったので何も言うことができませんでした。元気に振る舞いました。旧知のさくちゃんが構えるカメラの前で一番大切なことを隠していました。

「さくちゃん、ごめん」

そう心で思いながら……。

ただ、ウソはつきませんでした。

「この先の30年のことを考えて退職を決断したんですか？」

と聞くさくちゃんに、

「いやそんな長期のビジョンはないですよ。僕は70歳で死ぬと思ってるんです。ずっとこんな生活をしてきたんだから」

私はそう答えました。これは周囲に時折話していた正直な気持ち。「がん告知」翌日のこの日はより強く思っていました。長生きはできないだろうな、と。

そして、できる限り自分の体調のことを正直に語ろうと、

「フリーになってからハードで体が持っていかれそうになるんだ」

「腰が痛くてさあ……」

などと、さくちゃんのカメラに体調が思わしくないことを語りかけていました。

「ノンストップ！」スタジオ生出演は12月13日。「男の第2の人生」を思い切り本音で語りました。

でも、どうしても、がんのことだけは言えませんでした。せっかく出番を作ってくれたのに「ノンストップ！」の皆さんには申し訳なく思っています。

その6日後、入院当日にがんを「とくダネ！」で公表しました。するとその直後にチー坊が急きょ来てくれて、プロデューサーなのにカメラを回しながら「ノンストップ！」用にインタビューをしてくれたのです。

さらにフジテレビを出て病院に向かおうとしていたら、放送を見たさくちゃんが駆けつけてくれました。

「笠井さん！　私、密着取材でとんでもない質問してしまって……」

と私の前で泣き始めてしまいました。私はさくちゃんの手を取って、

「いいんだよ。あの時はまだ本当の病気がわかっていなかったし、いいVTRができたんだから」

と、言葉をかけました。

なんだか感動してしまいました。テレビ局という刹那《せつな》的な現場で、本当の絆《きずな》を作ることができたんだなと。

さくちゃん、最後にまた嘘ついてごめんね。泣いているさくちゃんを見たら「がん告知の翌日の取材だった」と、どうしても言えなくて……。

妻の怒り

私の病気が「悪性リンパ腫」と確定したので、セカンドオピニオンの先生にそのまま主治医となっていただき命をお預けすることにしました。

その時点では周囲に秘密にしていることは変わらなかったため、仕事をこなしながら夜はベッドで唸《うな》り声をあげる毎日。全身の痛みがさらに増しました。しかし、これは私が望んだことなのです。

12月8日、タイミングを見計らって次男と三男に、私の病気のことを初めて伝えました。神妙に聞いてくれた2人。一通り説明すると三男がポツリといいました。

「じゃあ……スキーいけないんだ……」

それを言われるのが一番辛《つら》かった。珍しく父親らしいことをしてやれると思ったのに。

その2日後です。我が家の異常事態に妻がキレてしまいました。

■スマホに残されていたメモ　12月10日（火）朝

深夜1時にますみが怒った

子どもたちが洗い物をまったくしていない
寝室の子どもたちを深夜の1時に階下に呼び、しかりつけた
申し訳ない。洗い物は、妻がいないときに私がやって来た仕事、急に子どもたちにもやってもらうことになった。このままでは、すぐに限界がきてしまう。家事をやらない子どもたちはいつやるようになるのか？
非常に心配。そして、もうしわけない気持ちで一杯

妻の怒りはもっともだと思いました。

家族が一致団結して力を合わせなければ、我が家がこの難局を乗り越えることはできません。洗濯すらできない次男と三男。

ところが、後々記していきますが、私が入院すると、息子たちは驚くほど変化したのです。それは、意外な入院効果でした。

■スマホのメモ　12月10日（火）夜
今日は全身の痛みに耐えてよく頑張った
がんは、確実に自分の体を蝕《むしば》んでいる

徹子の部屋までもつか、心配、戦いだ!
自宅では食事をする気力がない
誰かにつくってもらうのもいやなのだ
迷惑かけたくない

読みようによっては、遺書のような文体。

全身の痛みや命と向き合っているのだから仕方がありません。このころは鎮痛剤だけが支えでした。入院へのカウントダウンが始まりました。

告白の日——入院4日前

12月15日、日曜日。

がん告知を受けてからずっと悩んでいたことがありました。それは84歳になる父と80歳の母に一体いつ報告すればいいのか? なるべく正確な情報を伝え、そしてなるべく2人が心配する期間を短くしたい。そう考えて入院の4日前に実家へ行き、話をしました。

とてつもない親不孝だなと、ずっと考えていました。親より先に死んでしまうかもしれないなんて、これほど親を悲しませることはないですから。

「ごめん、病気になっちゃった」

認知症が始まっている父は、事の重大性までは認識していないようでした。母は涙を流しながら私の話を聞いていました。

後になって知ったのですが、母は私たち息子3人に秘密にしていたことがあったのです。それは、30年以上前に亡くなった伯父《おじ》（母の兄）の死因でした。

伯父は東宝で舞台の仕事をしていて、森光子さんの「放浪記」や森繁久彌《もりしげひさや》さんの「屋根の上のヴァイオリン弾き」、市川染五郎（現・松本白鸚《はくおう》）さんの「ラ・マンチャの男」などのプロデューサーを務めていましたが、がんが発覚してわずか4か月で亡くなりました。衝撃的な死でした。

母が隠していたのはその伯父の死因が私と同じ「悪性リンパ腫」だったという事実。当時あまりに特殊な病名だったので、周りに伏せていたそうです。伯父と同じ病気になったと知って、母は私の「死」を覚悟したそうです。相当なショックだったと思います。悲しませてしまって本当にごめん。

「悪性リンパ腫は遺伝するのか？」。今、多くの方がそう思ったと思いますが、遺伝する病気ではないそうです。偶然の一致。神様は意地悪です。

その夜、一人暮らしの長男が我が家に遊びに来てくれて、久しぶりに家族全員が集まりました。「クリスマスイブは病院だから」と妻の発案で9日早くクリスマスパーティーを開いてくれたのです。

クリスマスケーキと一緒に、黒豆や数の子、栗きんとんも食卓に出てきて、何だろうと思っていたら、

「あなたはお正月も入院しているんだから、おせちも一緒に食べてね」

妻の心配りのクリスマス&おせちディナーだったのです。なんだかジーンとしてしまいました。

この日は私の出演したテレビ朝日の「Qさま!!」をみんなで見ました。

食事をしながら、わいわいとにぎやかに本当に楽しそうにしている家族の様子をみて、

「なんか、幸せだなあ」

と、この日ホントにしみじみ感じました。日ごろあまり出てこない感情でした。自分が病気にならなければ、家族が一同に集まって心を一つにすることもなかったかもしれません。

がんになって良かったとは思いません。でもがんによる「貯金」がこの日また一つ増えました。

「なんとか良くならなきゃいけない、家族のために」

そんな思いを強くしました。

うれしいことに、妻と息子たちは、励ましの言葉を書いたクリスマスカードを私のために用意してくれていました。そんなこと初めてです。

高校生の三男はさらにもう1枚一生懸命書いてくれた似顔絵のクリスマスカードも。

そこにはこう書かれていました。

「スキー行けなかったけど、来年こそは一緒に行こうね！」

読んでいて涙が出てきました。こんな風にみんなから良くしてもらって「家族っていいな」とつくづく思いました。

クリスマスケーキのプレートには、

「ファイト！　勝って」

勝って！　とはロッキーの妻、エイドリアンが試合にロッキーを送り出すときの言葉です。

そうなんだ、負けちゃいけない。

いつまでもみんなと過ごしていたかったのですが、体がとても痛むので、早めに寝室へ。

明日は「徹子の部屋」だ。

ついに「徹子の部屋」――入院3日前

12月16日、月曜日。

いよいよ、黒柳さんとお話をする日がやってきました。初めてお会いするわけではありません。しかし、この日はこれまでと違いました。「徹子の部屋の徹子さん」とお話しできるのです。

夢のような話です。

ずっと考えていたことがありました。それは「悪性リンパ腫の話はするのか」。出演のオファーは、がんとは関係がありませんでした。番組のプロデューサーには病気のことを伝えましたが、番組の中で話をするかは迷うところでした。ですから最初は私も「がんの話はしないで楽しく終わりたい」と加藤マネージャーや妻に話していました。

しかし、収録の3日後の19日に「とくダネ！」でがんを告白することがきまっているのです。

あと3日間は秘密にしておく予定でしたが「悪性リンパ腫のことを何も話さないのは良くないと思う」と妻から諭され、正直に黒柳さんに話すことにし、番組のプロデューサーにもそう伝えました。

テレビ朝日には、予定の時間よりも早く到着。鎮痛剤を飲むタイミングを慎重に計りたかったからです。私の場合、飲んでから1時間ぐらいで効果が出始めます。早すぎても、遅すぎてもダメなのです。

《徹子の部屋　笠井信輔様》

楽屋も用意されていました。「信輔の部屋」です（笑）。仕事の長男以外、家族全員が応援に駆けつけてくれました。そんなこと初めてです。幼稚園のお遊戯会のよう。

しかし、実際はお遊戯会なんてのんきなものではありませんでした。スタジオの前に張られている当日のスケジュール表を見て驚きました。

「3本撮り！」

1日で3回分の収録をしていたのです。1本45分ぐらいで、30分の休憩を挟んで次の人へ、だなんて信じられない。黒柳さんは、大変失礼ながらこの時86歳でいらっしゃいます。若いアナウンサーだって1日のうちに違う3人にインタビューするのは大変です。体力もそうですが、誰にどの質問をどういう展開で持ってゆこうかという設計図が混乱してしまうからです。

しかも、担当プロデューサーの話にさらにビックリ。

「黒柳さんには、笠井さんのご病気のことは伝えていません」

「えっ！　いつ伝えるんですか？」

「笠井さんの収録の前に30分休憩がありますので、そこで」

ゲストが死ぬか生きるかの情報、しかもマスコミ未発表情報でも黒柳さんは通常運行。恐らく準備した筋立ては、全部差し替えです。

すごい。やっぱり単なる玉ねぎおばさんじゃあない！

久しぶりに会う黒柳さんは後光が差しているようにオーラが輝いて見えました。明るく自然に病気のことを聞き出してくださってとても話しやすかった。番組が長く続いている理由がわかりました。すると、話が家族のことに。

「今日、ご家族がいらしてるんですよね」

そう黒柳さんがいうと、な、な、なんと、見学に来ている妻と三男の顔がアップでモニターに映し出されているではありませんか？

しかも、黒柳さん、

「お父さんとスキー行けなくて残念でしたね」

「来年行きます」

本番中に三男と会話しているのです。

「徹子さん、息子に話しかけなくていいですから」

「いいじゃない、かわいいんだから」

そうほめられて、悪い気はしませんが、このシーンはしっかり放送されました。

収録後のお楽しみは、黒柳さんとの記念写真。2ショット写真は健康にご利益があるといわれているので、本当にうれしかった。そして……「完全寛解」。

「徹子伝説」は本当だと思います。

マスコミにバレた！――入院2日前

12月17日、火曜日。

「徹子の部屋」を前日に無事終えて、この日は北九州で講演会です。空港から車で40分ぐらいのところにある香春町《かわらまち》で人権講演会。私の得意のテーマの一つです。

夜の講演で、講演後は北九州で宿泊。一人旅なので、「病状が急変しなければ良いな」と一抹の不安を抱えながら私は飛行機に乗りました。

「明日、サンケイスポーツが1面で記事にしそうだ」という情報が耳に入って来ていました。うれしかったです。「できる限り大きく取り上げてほしい」。それが私の偽らざる気持ちでした。それが1面だなんて、一生に一度のことでしょう。

会場入りする時にはもう体のあちこちが痛んでいましたが、講演会のスタッフの皆さんに体調不良を知られてはいけません。

「すみません。僕がんなんです」って、そんなこと言ったらそれこそ大騒ぎになって、皆さんに講演を楽しんでもらえなくなってしまいますから。

ところが楽屋入りして程なくしたところで私自身が衝撃を受ける出来事が起きました。

友人の樋口真嗣《ひぐちしんじ》監督（「シン・ゴジラ」の監督さん）からLINEで、たった1行のメッセージがとどいたのです。

聞きました。頑張りましょう。応援します　午後3：36

読んだ瞬間は、意味が良くわかりませんでした。

誰の何を聞いたのか？　誰が頑張るのか？　誰を応援するのか？

しかし、どう考えても、俺だ！　がんだ！　なぜ？　誰に？

えー！何を聞いたの　午後4：17
闘病中って。。。　午後4：40

慌てて加藤マネージャーに連絡すると「週刊新潮」から事務所に病気について問い合わせがあったというのです。
そして、ネットニュースのＵＲＬを教えてくれました。

デイリー新潮　12月17日
元フジ「笠井信輔」アナが悪性リンパ腫、番組出演をキャンセルして治療に専念へ

出てる！　この見出しがすべてを語っていました。
記事を読むと、

テレビ局関係者が言う。

「フリーになってから病気が見つかったことになります。現在、笠井アナは、テレビ局などを回り、病状の説明を行っているそうです。ひとまずは仕事をキャンセルし、治療に専念する考えのようです」

誰ですかあああ？　ペラペラしゃべってるのは！

しかし、新潮さん、あっぱれです。各局に病状の説明を行っているのは私ではなく加藤マネージャーでしたが、記事の内容は正確。週刊誌って中々だと思いました。

これでサンケイスポーツ翌朝の1面はなくなりました。週刊新潮が抜いてしまったからです。生涯で一度のチャンス……でしたが仕方ありません。

幸い主催者も町の皆さんもネット記事には気づいていなかったので、予定通り人権問題を1時間半。椅子も用意されていましたが、元気なところを見せたかったので立ったまま、ちょっと腰にきましたが無事終えることができました。

すると1人だけ若い女性が、お客さんのお見送りをしている私に、

「Yahoo!ニュース見てしまいました。頑張ってください。感動しました。絶対またお会いしたいです」

と、泣きそうになりながら声をかけてくれたのです。

「今度は、自分との闘いだからね。頑張ります！」

なんだか、とっても心に響きました。これまで何度となく「頑張ってください」と声をかけてもらってきましたが、この「頑張ってください」は、これまでとは意味合いが違っていました。いや、この日以降私にかけられる、すべての「頑張ってください」は、全然違うものとなって私に届いていました。それは私には「生きて帰ってきてください」という声に等しく聞こえたのです。

後日談となりますが、入院中に、香春町役場の皆さんからお見舞いをいただきました。それは、千羽鶴でした。年末年始の忙しい時期に願いをこめてたくさんの鶴を折ってくださったのです。入院直前に講演会を中止にしようか迷いましたが……行って良かった。千羽鶴はほかにもいただきました。大変感動しました。どれもとても力付けになりました。


講演会後の晩は病状の急変などは起きませんでした。一人旅だと思っていたのですが、「とくダネ！」の生出演のために、高須《たかす》尚史《ひさし》ディレクターが講演会の取材に来てくれて、同じホテルに宿泊となったのです。心細い夜にならずに済みました。一緒に寝たわけじゃないですよ（笑）。

ホテルにチェックインした後に「入院直前の気持ちを話そう」ということになって、寝巻に着替えた所で私の部屋に来てもらいました。

インタビューというか、カメラを回しながらの2人でのトークは2時間ぐらいになったでしょうか。その中で高須さんがとてもこだわっていたのは、極めてプライバシーの領域であるがんの治療や闘病を、私がなぜ公開する気になったのか？　という部分でした。

この30余年、私はワイドショー、情報番組担当アナウンサーとして様々な芸能人著名人の皆さんのプライバシーを伝えてきました。結婚や出産などのおめでたいニュースばかりではなくスキャンダルや事件といった本人にとってあまり公開してほしくないような内容も番組でお伝えしてきました。それが私の仕事だったからです。

ところが、私ががんになってしまったのです。病名を隠すことは可能ですが、ここで、「プライベートなことなのでそっとしておいてください」というのは違うと思いました。

今まで人に対してやってきたことを、自分に対してもやらねばならない。それが私の義務だと考えるからです。

特に西城秀樹さんの壮絶な闘病を取材させていただいている最中に、よく考えていました。秀樹さんはなぜここまでするのだろうかと。杖《つえ》をつかなければ歩けない、言葉のろれつが回らない、激しいリハビリで顔を歪《ゆが》める。それらのシーンを出さなければ、これまでのカッコいい秀樹さんのイメージだけを人々は記憶にとどめることができたはずなのです。

しかし私はここに芸能人の一つのあるべき姿を見ていました。

「公私なく生きる」という姿を。

そしてもう1人、私に大きな影響を与えたのは私のボスである小倉智昭さんの生き様です。膀胱がんになった際に、番組でここまで語るのかというほど病状について明かす小倉さんがいました。そしてその言葉に確実に反応する視聴者の皆さんの声が番組に届いていました。

他人のプライバシーを伝える仕事をしてきた者の矜持《きょうじ》。20年間番組を一緒にやってきて小倉さんから学んだことの一つがその姿勢でした。

自分がもし病気になったら自分はどうすればいいんだろうか？　どうしたいのだろうか？　どうすべきなんだろうか？　ずっと考えていました。

そしてまさかの悪性リンパ腫。なってみて思ったのは、「迷わないものだな」と。

非常に明瞭《めいりょう》な視界の中で、病名を明かそう、治療や闘病を伝えよう。そう考えている自分がいました。骨折ぐらいでは話になりません。残念ながら命と向き合うような重病になってしまった今こそ、自分が動く時なのだと。

そしてこれは家族にも、高須さんにも話していないことなのですが、その結果、私が死ぬことになったら、私の闘病の記録は一つ価値が高まると考えていました。

これはテレビマンとしての悲しい性《さが》かもしれません。もちろん死んでいく自分の映像など良い気持ちはしません。家族だって見たくないでしょう。でもだからこそ貴重な記録になると思ったのです。

ですから、もし治療があまりうまくいかずにどんどん具合が悪くなっていっても、カメラを回すのはやめないでほしいと、最初から私はその覚悟でいました。まさに、「カメラを止めるな！」です。

もっともそれぐらいの覚悟がないと、同時進行で悪性リンパ腫の闘病をお伝えしようなどとは言えないですけどね。

引き算の縁と足し算の縁――入院当日

12月19日木曜日。

なかなか寝付けないまま朝5時を迎えてしまいました。

加藤マネージャーがレンタカーを借りてきてくれて、入院の荷物を積んでフジテレビへ。入院前に「とくダネ！」に生出演し、病状報告をするのです。とにかく体が痛い。特に今日はお尻《しり》と右足の付け根の辺りが痛い。日々違う所が痛むのが、内臓がんと違う所です。全身にがんが散らばっているのだから仕方ありません。

でも、今日、入院できるのです。それがうれしかった。

鎮痛剤を飲んで出発したのですが、フジテレビについても足が痛いために引きずってしまう状況。それまで病気をひた隠しにして、気づかれないようにと家族と加藤さん以外の前では元気に振る舞っていました。しかし、前日の新聞報道で病気を隠す必要がなくなったため、緊張の糸が解け、なんだが本当に病人のような雰囲気になってしまいました。人間って不思議なものです。

メイク室の前の廊下では、「とくダネ！」の佐々木明日香《あすか》ディレクターがカメラと共に私を待っていました。いよいよカメラの前で自分をさらすドキュメンタリーが始まるのです。

覚悟はできています。

あすかは、今から28年も前、私が最初に司会になった「TIME3」の新人AD

としてやって来てからずっと共に歩んできたもっとも古いスタッフの1人（もう一人は藤本和也《ふじもとかずや》ディレクター）。ノリだけで仕事をしているような子でしたが（笑）、頭の回転が早く、今では藤本と並んで超ベテランディレクターです。

そんな昔からの仲間が、私のこれからの人生を支えてくれようとしていることに感銘を受けてしまうのです。現代は流行のサイクルも早く、番組もリニューアルされることが普通になって長寿番組がほとんどありません。「とくダネ！」のような長寿番組に携われたことで貴重な人間関係を築けていることを誇りに思います。

楽屋に入り小倉さんの所に挨拶に行こうとしたら、光安《みつやす》、永野《ながの》、尾藤《びとう》、君島《きみじま》といったディレクターたちが来てくれました。思わず、

「おお、みんな元気か？」

と、うれしくて声をかけると、

「笠井さん、逆ですよ」

「笠井さんこそ、大丈夫ですか？」

と聞くので、

「大丈夫じゃないよ！」

と強く返したら大爆笑。やはり、気心の知れた仲間はいいものです。

すると、楽屋から出てきた小倉さんが、

「笠井くんはいいよな。こんなにみんな来てくれて。俺ががんの時なんか誰も来てくれなかったよ」

と、さみしそうにわざとボヤくので、楽屋前は再び笑いに包まれました。そう、悲劇の主人公を気取っていてはいけません。平常心で自分の病状と心境を視聴者の皆さんに届けよう、そう思いました。15~20分にわたり自分のことだけを自分の言葉で「生」でしゃべるなど、通常アナウンサーにはないことなのです。

時計の針が8時を回り、一世一代の生放送の時間となりました。

「笠井君がフジテレビを辞めるといってスタジオで送り出したのが2か月前のこと、こんなに早く戻って来るなんて思わなかったよ！」

小倉さんらしい物言いで、私のコーナーが始まりました。なぜかわかりませんが、妙に落ち着いている自分がいました。

だいたいの話の流れは思い描いていましたが、原稿などは書きませんでした。なのに、するすると言葉が出てくるのです。ここまで、自分は相当な体験をしてきたんだなと話しながらわかりました。

がんと向き合うということは、命と向き合うこと。人生でそうそうない経験をしてしまった。悪性リンパ腫と判明するまでの4か月間は、ちょうど会社を辞める2か月前から2か月後にかけて一番大変なとき。とてつもない濃密な時間を過ごしてきたからこそ、確かな自分の言葉を繰り出すことができたのでしょう。

番組は小倉さんとの対談のようになり、

「全身にがんが散らばっていると聞いた時にはめまいがしました」

「生存率は7割ぐらいと言われました」

いろいろな話をしました。

そして、この辺りで私のコーナーも終わりという雰囲気になったところで私は思い切って小倉さんに切り出しました。

「最後にお時間まだいいですか?」

「私は東日本大震災の時に得た経験を今、強く感じています。それは『引き算の縁と足し算の縁』という自分なりの考え方です。東日本大震災で当初、被災者の皆さんは、『あの人が亡くなった、この人が行方不明になった』と失った縁のことを引き算のようにして数えていました。でもある時から『避難所であの人に会えた。病院でこんな先生と、ボランティアの方と知り合えた』といった足し算の縁を語る人が増えてきて、そうした人から復興の中心人物になっていったんです。
そのスイッチの切り替えというものはとても大事で、実は僕は、がんとわかって『あの仕事なくなった。この仕事もなくなった』と山のような仕事のキャンセル、引き算ばかり考えていたんです。でもこれからは、新たな出会いがいくつもあるはずなんです。病院、あるいはオンライン上の皆さんとの出会いといったものなどを大切にして、『この病気になったので、こうなれたんだ』と言う自分に気持ちを切り替えて生きていこう、闘ってこうと思っています。これは東日本大震災で被災した皆さんから学んだことです」

言えた！　この日、唯一これだけは必ず言おうと決めていたことが、この「引き算の縁と足し算の縁」の話。今ご紹介したこのくだりだけは、実は事前に練習していました。がんになった私を支える精神的支柱と言っていいかもしれません。

健康な時には講演会などでこの話を、「被災者の皆さんの強さ」、「困難に立ち向かってゆく時の生きるヒント」としてお話ししていました。

しかし、自分が生きるか死ぬかの病気となってしまった時に「まさにこれこそが自分が必要としていることなんだな」と。最悪の状況の中で自分にプラスとなっていくものを見つけ出して貯金していく。その姿勢をスタジオで話しながら、自分にも言い聞かせていました。

こうして私の生放送は、予定時間を10分以上もオーバーして、32分間も放送してもらいました。

「巻いてください！」

この20年間、スタジオでこの指示を受けない日はありませんでした。しかし、10分も押しているのに、「巻いて」「急いで」「まとめて」そういった指示はこの日、私に一言もありません。「とくダネ！」のスタッフの深い深い愛情を感じました。なんて素敵な仲間たちと私は仕事をさせてもらっていたのだろうと、この日、心の底から思いました。

入院

第2章

それでも前を向く

ＳＮＳを始めよう！

■インスタグラム　2019年11月14日
フジテレビをやめてフリーアナウンサーになった笠井信輔です
インスタグラム始めました！
よろしくお願いします！

これが、私の人生に於《お》けるＳＮＳ第一声です。

一番初めに「いいね！」を押してくれたのは妻でした（笑）。２番目に押してくれたのは大学時代の親友の安部治《おさむ》。最初はそんなものでしょう。

これまで、ＳＮＳをやってこなかった私が、なぜ始めようと思ったのか？　フリーになったから、だけではありません。

第１の理由はがんです。

もしがんだった場合、最近の芸能界の傾向にならってＳＮＳで発表しようと考えたのです。急にインスタグラムを始めても誰も見てくれないのではないかという恐れがあったので、事前にスタートさせたのですが……甘かった。

とにかく、何をやってても、どんなにやっても、フォロワーが３００人を超えない。大学生の次男のツイッターはフォロワー２０００人を超えているのに！　です。地味すぎるのではないか？　と思って、必ず自分の顔をいれるようにして、現場で有名な人と出会ったら、必ず一緒に入ってもらいました。

堤真一さん、ナイナイの岡村隆史さん、石原さとみさん、小泉孝太郎さん、柳沢慎吾さん、八嶋智人さんなどなど……。

するると、フジアナ後輩で今は弁護士の菊間千乃《ゆきの》さんから、

「笠井さん、インスタグラム苦労してますね。自分出しすぎです！　有名人と一緒に撮りすぎ」

「え！　そういうのインスタグラムってだめなの？　ダサい？」

「ダサすぎです（笑）！　オシャレな夕日とか、インスタ映えする食べ物とか、そういうものも上げてくださいね」

そんなの無理と思っていたら12月17、18日、いきなりフォロワーが千人単位で増えたのです。

「元フジテレビ笠井アナ　悪性リンパ腫」

あの週刊新潮のスクープと翌日の新聞報道が原因でした。

ここで、私が考えていなかったことがもう一つ起きました。皆さんから寄せられるコメントです。それまで一桁《けた》だったものが、いきなり500件を超えたのです。

私も2年程前にびまん性大細胞型リンパ腫の経験をしました。私の場合は、たまたま胃カメラで見つかりました。まさか、自分が癌になるとは思ってませんでしたが、抗がん剤治療で今では元気です。不安なことだらけだと思いますが、前向きに考えて下さい。頑張って下さい！

(ochiai_18780)

笠井さん、私の両親も同じ病気です。なので、他人事とは思えず…
父は4年程前に、母は1年程前に発症し、半年間入院治療を受けました。
今も定期的に通院していますが、元気に生活していますよ！
これから治療が始まると思いますが、ご自身の事を第一になさってくださいね！
お元気な姿を拝見できますよう、応援しています。

(yu_uykaj8)

私の悪性リンパ腫と「同じ病気です」という人たちが、そして「今は元気です」という声を届けてくれたのです。これらのコメントにどれだけ励まされたことか。

さらに12月19日、「とくダネ！」に出演して生報告をすると、インスタグラムのフォロワーはあっという間に1万人を超えました。

フォロワー300人の私にとっては夢のような数字です。何をやっても増えなかったフォロワーが「がんです」と言ったとたん1万人に。

寄せられたコメントを読んでいるうちにわかってきました。「頑張って」「負けないで」。多くの人が、見ているだけではなく、応援のために参加してくれていたのです。がん発表の場として始めたSNSですが、1人のがん患者としてSNSを始めて良かったと思うことがこのあと数えきれないくらいありました。

入院・闘病は孤独との闘いでもあります。それを「自分は1人ではないんだ」と思わせてくれたのがブログでありインスタグラムだったのです。

入院日誌の意外な中身

「良かったですよ」

「とくダネ！」の生出演を終えると、マネージャーの加藤さんがほめてくれました。ホッとしました。身内ですけどね。

さあ。これで入院できる！

8月13日にがんの擬陽性となり、11月22日に悪性リンパ腫と判明、12月2日セカンドオピニオンで悪性リンパ腫が確定。そして自分のわがままとはいえ、ついに12月19日、入院の日を迎えました。

ホッとしました。耐えられないほどの体の痛みの中、急変せずにここまでこられたという安堵《あんど》。私はもう普通に歩ける状態ではありませんでした。

急きょ依頼のあったインタビューを「とくダネ！」直後に4件受けて、CMのナレーションの撮り直しのリクエストがあったので渋谷のスタジオを回って病院へ（入院当日が一番忙しかったもしれません）。車を運転してくれたマネージャーの加藤さんにコンビニに寄ってもらいました。入院中に書く日誌用のノートを買ったのです。

実は「メモ魔」なのです。

東日本大震災の取材の際には、筆舌に尽くしがたい1か月にわたる体験を、毎日詳細に記録していました。そのメモがあったので、「僕はしゃべるためにここ（被災地）へ来た」（産経新聞出版／新潮文庫［増補版］）を出版することができました。

人はとてつもない体験をすると決して忘れないものですが、同時期に体験した些細《ささい》なエピソードは忘れてしまうものです。しかし時に、その些細な体験がリアルに当時の模様を浮き立たせることがあるのです。

本を書こうと思ってメモをしているわけではありません。今回ノートを買ったのは、80歳を超えた父が病魔に倒れ入院した際に、入院中の食事の献立から何からあらゆることを詳細にメモしている母の姿を見たのが直接のきっかけでした。メモ魔は遺伝なのかもしれませんね。

さて、コンビニで買ったA5版の小ぶりの青いノートの表紙に私は「りんちゃん日誌」と大きく書きました。

「悪性リンパ腫」の「りん」をとって「りんちゃん日誌」。なにをふざけているのか？　とおっしゃるかもしれませんが、「闘病日誌」「悪性リンパ腫日記」ではどこか死にゆくものの記録のような感じがしていやでした。

入院生活はできるだけ明るく前向きにすごしたいと考えていたので、こうした記録も軽い感じで行こうと「りんちゃん」に決めました。

あとで、「軽すぎた」と少々後悔しましたが……。

■りんちゃん日誌
12月19日　入院1日目
じょじょえんドレッシング／クッション／まくら／クリアファイル2冊／
レジ袋／フェイタス／延長コード2m／パソコンの電源

入院初日は、「とくダネ！」出演があり疲労困憊《こんぱい》。日誌は文章になっていません。

そして最後に大きく

65・3kg

と書いて丸で囲ってありました。

これが、入院に当たってとても意識していたこと。

体重です。

がん患者は入院中に10kgほどやせるイメージがありました。「やせすぎた自分の姿を見せたくない」と、これまで芸能人が映像を公開するのをためらう姿を何度か見てきました。悲壮感を与えるような姿を私も披露はしたくないと強く懸念していて、

「やせすぎないようにする」それが私の大きな目標だったのです。

入院前に62kgまで減った体重でしたが、入院までになんとか太ろうと、炭水化物、糖分なんでも太りそうなものをかまわず食べました。夜食、間食何でも来い！

「体に悪い」といわれても、もう十分悪いのだから関係ない、太りたいと思ったからです。

そうして、この入院時の体重65キロが私の闘病の基準体重となり、可能な限り体重を減らさない入院生活が始まりました。そんなことは無理と半分わかっているのですが、そのことをあらためて自分に問いかけるために体重を大きく書いたのです。

初日の日誌には、忘れ物と家族に持ってきてもらいたいものを書いています。

ポイントは「2冊のクリアファイル」です。

入院の経験をした方はおわかりだと思いますが、今はどんな治療を受けるにも承諾書を書いて、患者が意思を示す必要があります。それに対してお医者さんの方からも様々な説明が書面でされてきます。大量の薬の説明書も含めて次から次へと書類が病室に溜《た》まってくるのです。

そこで入院後にとりあえず2冊、クリアファイルを100円ショップで買ってきてもらったのですがこれが大正解でした。入院案内、そして入院中にも本当に次から次へと治療のための資料が届き、医療用かつらのカタログまで！

抗がん剤など重要な治療の説明書は後から見返すことも多いので、クリアファイルに1ページ1ページ入れておいて良かったなと思うことが多々ありました。

一方、自分の日誌を読み返して笑ってしまうのは「フェイタス」です。これは、岡田准一さんのCMで有名な腰痛の湿布薬。

「腰が痛いのに湿布薬がない！」「家族に買ってきてもらわなければ大変だ！」と初日に相当焦っていたことがわかります。

でも入院しているのだから、自分で持って来なくても看護師さんに頼めばいくらでも湿布薬は処方してもらえます。私はそんなこともわかっていなかったのです。

どうする？　ブログのタイトル

インスタグラムを始めて感じたことは、長文を投稿するのには向いていないメディアだということでした。

私は、くどくど書いてしまうので、どう考えてもブログ向きなのです。

所属事務所オールラウンドの中でもＩＴ関係に強い中桐伸朗《なかぎりのぶあき》さんに相談すると「Ａｍｅｂａブログ」（通称アメブロ）をすすめられたので、12月の早い段階で登録を

お願いしました。すると、

「笠井さん、タイトルが必要です」

まず、それを決めないと始まらない。確かにタイトルはブログの顔です。

例えば、有名な市川海老蔵さんのブログは「ABKAI」。これは「えびかい」と読むらしい。漢字を当てれば「海老会」でしょうか。しゃれています。

アナウンサーブログ不動の1位、後輩の高橋真麻《まあさ》さんのブログは「マーサ！マーサ！タカハシマーサ！」。選挙演説ですか！　まあ、この軽いノリがうけているのでしょう。

そこで私ですが、内容は「入院中の日々の出来事」ということになるので、やはりイメージするのは闘病記です。今の気持ちをストレートに反映させたいという考えのもと熟考の末、決めたタイトルは「笠井信輔の絶対に!負けないブログ」。

なんか、闘志あふれていいですよね。

……と思っていたら、いきなり妻から、

「ダサくない？」

との反応。息子たちも、

「負けたらどうするの？」「かえって恥ずかしい」

えー！　勝つことしか考えてないんですけど……。

「がんのことだけを書くんじゃないでしょ、だったらもっとあっさりしたタイトルのほうがいいわよ」

これが妻の意見。こっちは昭和魂「巨人の星」の精神が美しいと思っているのですが、平成、令和と二時代前ですからね。今風の考えに合わせるのは難しいです。

妻が考えたのは「笠井ＴＩＭＥＳ」。「とくダネ！」で10年以上続いた私のニュースコーナー「とくダネＴＩＭＥＳ」をもじったもの。ちょっとうれしい。私は、自分の生き方の指標のようなものをタイトルにしたいと考え「人生プラマイゼロがちょうどいい」。

これは、日ごろから子どもたちに話していることなのですが、人生というものはいいことばかり続かない。調子がいいと浮かれていると、どこかで足元がすくわれてまた落ちてしまう。しかし、悪いことばかりでもない。辛抱していれば必ず浮き上がってくるもの。結局はトントンにできている。という考えです。

がんでどん底に突き落とされた私も、また浮上しますよ、という気持ちを込めてのネーミングです。

結局、妻と私の考えたタイトルを結合させて「笠井ＴＩＭＥＳ～人生プラマイゼロがちょうどいい～」となりました。

そして入院4日目にブログがスタートしたのです。

ブログに書けなかったこと

■ブログ　12月22日
生まれて初めてのブログ。

フリーになって始めたインスタグラムは「悪性リンパ腫」の公表をすると、フォロワー数が3万人を超えました。

この3万人もの方たちは、私が「悪性リンパ腫」になったからつながれた人たちです。皆さんの応援メッセージにとても励まされています。腐ってる場合ではありません。

今日で入院4日目。病院では厳しくも優しいお医者さん、看護師さん、ヘルパーさんたちとの出会いが待っていました。この出会いを悲しい悔しい絆《きずな》と捉《とら》えていたらもったいない！　そう思えてしかたがないんです。

明日、月曜日、ついに抗がん剤治療が始まります。

が・ん・ば・る！

最初の投稿からくよくよしてはいられません。

サムズアップの写真とともに「が・ん・ば・る」なんて、抗がん剤治療を前に気持ちが充実しているようですが、実のところ精神的にはかなり参っていました。

実は……。

本当の私は「りんちゃん日誌」の方にあらわれていたのです。

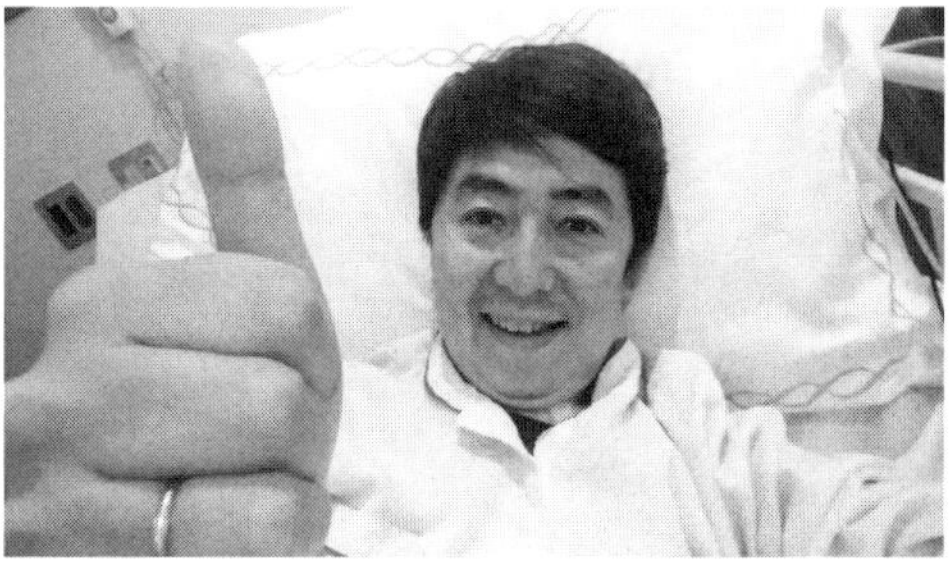
今見ると、目力も笑顔も弱いなぁ

■りんちゃん日誌

《2日目》

午前3時30分　腰が痛い。目が覚める。　朝風呂、痛み和らぐ

《3日目》

朝5時　腰の痛み、右肩の痛みで目が覚める。鎮痛剤の効きが悪い
　2時間経っても痛いので量を増やすよう頼む。今日も痛みとの戦い
19時　体が痛い
20時半　体が痛い。両腕。追加の痛み止め
23時　痛み止めを飲む
午前3時　痛み止めを飲む

《4日目》
午前5時　体が痛くない。よかった。定時の「痛み止めを無理やり飲む作戦」が効いているのだ。また体が腰が痛くなり始めた、やばい
6時半　痛み止め飲む
10時半　痛み止め飲む
15時　痛み止め
17時半　右腕が痛くて目が覚める。腕が痛い、次の痛み止めまであと1時間の辛抱
23時　痛み止め

《5日目》
午前3時半　痛み止め。右腕の痛みで目が覚める。看護師さんをきつめに問い詰めてしまった
6時　起床。腰の痛みがややある

抗がん剤治療が始まる入院5日目の午前10時まで、「りんちゃん日誌」に記してあるのは「痛み」と「痛み止め」のことばかり。

さすがにこれをこのままブログに書く気にはなれませんでした。書くことによってかえって苦しみが増してしまうように感じたからです。

がんを患った人たちの苦悩は、痛みからなかなか逃れられない現実がどうにもならないという点にあると思います。私も入院する際に病棟の看護師さんに、

「何か悩んでいることや困ってることがありますか？」

と聞かれて、

「まずはがんの治療よりも、痛みを何とかしてください、腰の痛み、肩の痛みを何とかしてください」

と、お願いしたくらいです。

痛みは寝ている間にも容赦なく襲ってきます。そうするともう眠ることができません。

日誌にも書いてありますが、午前3時に鎮痛剤を飲まなければならなかった時に、看護師さんが起こしてくれなかったので午前3時半に痛みで目が覚めたことがありました。

私はすぐにナースコールで泊まりの看護師さんを呼び出して問い詰めたのです。

「なぜ薬を飲む時間に起こしてくれなかったんですか！」

「午前3時に見回りに来た時にはぐっすりとお休みになっていたので、起こしては悪いと思って……」

「その結果、痛くてもう眠れない状況になってしまったんです。これから痛み止めを飲んでもすぐには効かないんですよ。今度からはぐっすり寝ていても絶対に起こして下さい。いいですか！」

「痛み」というものは恐ろしいものです。

人から、やさしさとか、配慮などという感情を奪い取っていくのです。看護師さんが出て行ったあと、横になって気持ちが落ち着くと、さすがに反省しました。

看護師さんはどんなことがあっても私たち患者のために尽くしてくれています。そこにあぐらをかいてしまっては、正しい人間関係を築くことはできません。患者が偉くて、看護師さんが家来ではないのですから。

しかし、相手が家族だともう少し事態は複雑です。患者にはどうしても甘えが出てしまうので、何か気にいらないことがあると、「こっちは病人なのに」とついつい思ってしまい、きつい言葉で返してしまうことがあるのです。

大抵は許してもらえますが、私がある一線を越えると、

「いくら病人でも、今のはお父さんが悪い」

「そういう言い方をするなら、もうお見舞いに来たくない」

と、我が家の家族は私を叱るのでした。

私は50を過ぎたころからかなり頑固になってしまって、家族からの評判を落とす一方でした。病気になってからしばらくは、変わらず頑固な部分も見せていたのですが、献身的な家族の様子を見て「ここまでしてくれているのに病人だからとわがままを言いすぎてはいけないな」と次第に思うようになったのです。

「ステージ4」は秘密にして

入院してすぐに、「治療法に関しての説明をするのでご家族にも聞いてもらう方がいいでしょう」と主治医の先生からお話がありました。

例によって妻と長男に病院に来てもらいました。

血液内科病棟の面談室で長い時間をかけて私の病状を詳しく説明していただきました。血液内科病棟は悪性リンパ腫や白血病など血液の患者さんの病棟です。

私の病気「悪性リンパ腫びまん性大細胞型B細胞リンパ腫」の原発は腰の骨、さらに病変は肩、肋骨《ろっこつ》、脊椎《せきつい》、腸骨や骨髄にも認められました。さらに遺伝子検査によって特定の遺伝子に異常がみられたため「予後の悪いタイプ」であること。そのため、びまん性大細胞型B細胞リンパ腫に対する一般的な治療では良い結果が得られない可能性があり、一段階強い抗がん剤治療を行うこと。そして副作用についての説明などが行われました。

先生はとても頭の回転が速い方で、とにかく説明のテンポがとても早い。ホワイトボードにキーワードを書きながらどんどん話を進めていきます。

幸い私も妻も報道関係者でテンポの速い記者会見などに参加した経験もあるため先

生の話はよくわかりました。ただ高齢の患者さんの中にはこうした医師の病状説明の後に看護師さんに、「先生の話は何を言っているのかまったくわかりませんでした」と感想を述べる方もいるそうです。

おそらくそのためなのでしょう、一緒に説明に立ち会ってくださっていた医療チームの若い女性の先生が、病状説明用紙に先生の説明をとてもわかりやすく書いてくださっていて、後からそれを読めば完璧《かんぺき》という資料ができあがりました。凄《すご》いコンビネーションだなと思いました。

この日、私はどうしても先生に聞きたいことがありました。「ステージいくつなのか」という点です。

有名人ががんになった際に、報道の大きなポイントとなるのがそれ。しかし、診断を受けてから1か月近くたっても、先生からステージの話は出ていませんでした。そこで思い切って切り出したのです。

「先生、私はステージいくつなんでしょうか？」

「ステージでいえばⅣです。４段階あるうちの４ということになります」

「ステージⅣなんですか！」

耳を疑いました。最悪です。先生はなぜ黙っていたのか？　私がショックを受けないように黙っていてくださったのかもしれません。ただ、普通の部分がんや内臓がんと悪性リンパ腫ではステージの数え方が違うということも先生は説明に付け加えました。

悪性リンパ腫のステージは次のようになっています。

ステージⅠは、がんの病変が認められるのが一箇所のみ
ステージⅡは、横隔膜を境に上下の一方にのみがんの病変がある
ステージⅢは、横隔膜を境に上下両方にがんの病変がある
そして問題のステージⅣは、横隔膜を境に上下両方にがんの病変があることに加えてリンパ外臓器にも広範に病変が認められる

さらに私の場合は、がん細胞が脊髄の中枢神経に入り込み脳に転移する可能性があるということでそれに対する予防あるいは治療といったものも行われる、という解説でした。

これだけの話を一気に聞いて「やっぱり俺死ぬの？」と思わずにはいられませんでした。死を覚悟したのは、「全身にがんが散らばっています」と先生に聞いて以来2

度目となります。

先生の告知は、本当に正直にたんたんと事実をそのまま伝えるスタイル。

「悪性リンパ腫は、ステージ4が末期で手遅れという考え方はしません。むしろ、抗がん剤が効くか、効かないか、という点がより重要です」

自信を持ってそう話してくださいました。

さらに私の病気は珍しいタイプなので、いろいろと世界の論文を読んでくださったようでした。

「笠井さんのリンパ腫からは特殊な遺伝子異常が検出されているため、一般的な治療では若干、治療効果が劣る可能性があります。そのため、一段階強い治療を選択しようと思います。持続的に点滴を行うので、治療期間の大部分を入院で過ごすことが必要となります」

とお話しくださいました。

先生の説明は自信に満ちていました。先が見通せているという印象を受けました。先生にお任せしておけば間違いはないだろうと、何か安心をしたのもこの日でした。

「ステージⅣ」、いわば3回目の告知です。覚悟も決まって面談室を出た私は、妻と長男に頼みました。

「今日説明のあったステージⅣという話は、3人だけの秘密にしよう」と。

テレビというのは印象のメディアです。見ている人の多くは、第一印象でニュースを捉えることが少なくありません。「笠井アナ、ステージⅣ」この一つのキーワードだけでほとんどすべての印象が決まってしまい、「笠井アナウンサーは復帰が難しいのではないか」「場合によってはこのまま命を落としてしまうのではないか」と、どんどん負のイメージが膨らんでいきます。

私は何としても絶対に復帰すると心に決めて入院生活を始めていますので、そんな風にイメージを持たれるのは心外です。さらには妻と長男以外の親族にも心配はかけたくありませんでした。

妻も長男も賛成してくれました。そしてこの「ステージⅣ」は私が「完全寛解」という診断を受けるまで表に出ることはありませんでした。

抗がん剤をなめていた

入院して5日目の午前中、いいよ抗がん剤治療開始。

悪性リンパ腫に対する抗がん剤治療がどんなものなのか？　入院して初めて知ることになりました。

私の抗がん剤は点滴の形で体内に入れられました。人によって抗がん剤を打つ「時間」「回数」は変わります。私のケースでは一度に24時間抗がん剤を5日投与し続ける。それを6回（6クール）繰り返すことになりました。大変な量を体に入れるのです。「アグレッシブで予後の悪いタイプ」だからと主治医の先生は話します。

昼となく夜となく、起きているときも寝ているときも5日間抗がん剤の点滴を打ち続けると、体が大変なダメージを受けます。がん細胞を殺すための強い薬剤が、正常な元気な細胞にも悪影響を及ぼすからです。

私は1回目の初日からさっそくその洗礼を受けました。

■ブログ　12月24日　入院6日目　クリスマスイブ

昨日の午前10時に副作用を抑える薬などの点滴をスタート。

11時からいよいよ抗がん剤。どんな劇薬が体の中に入るのか、ビクビクしてました。やっぱり、怖いものですね。

しかし、異変はすぐにやって来ました。注入30分後。顔がかゆい。顔があかくなり、両頬大きな蕁麻《じんま》疹《しん》がボコッとできて、どんどん大きくなっていくんです。体もかゆくなってきた。

副作用でしょう。すぐにナースコール。

「抗がん剤中断しましょう。アレルギーを抑える点滴に変更します」

看護師さんの判断が素早いのに驚きました。すると、30分後、ミルミル蕁麻疹が顔から引いてゆきました。今の薬の進歩に驚くばかりです。

抗がん剤再開！


しかし、しかし、昼になっていきなり体調がおかしくなってきました。

しんどい。

体に鉛を入れられたよう。

何もしたくない。

考えたくない。

横になりたい。

そこで改めて思いました。「これが、抗がん剤なのか……」

サンタの帽子は入院前に、何かに使えるかもしれないと、こっそりダイソーで買っておきました（バカ？）

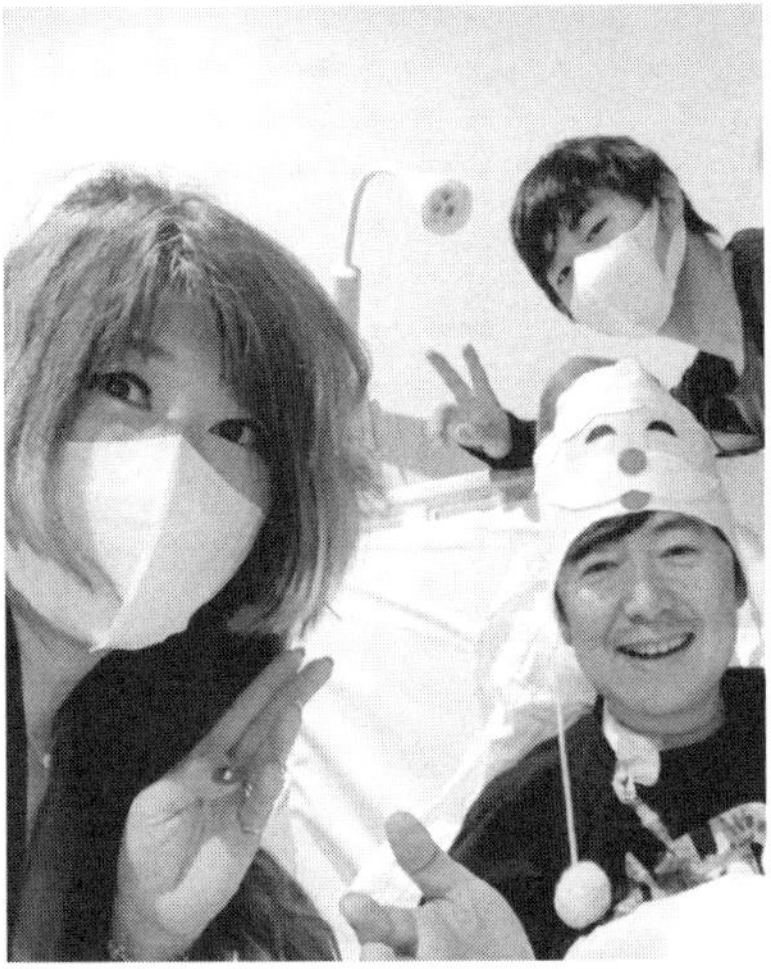
家族は「元気の源」です（クリスマスイブ）

そしたら、クリスマスイブだから家族がやってくるというので、驚かせてやろうと待っていたのですがあまりの体調の悪さに、この格好のままベッドに2時間半寝込んでしまって…。様子を見に来た看護師さんを驚かせてしまいました（笑）。そりゃそうですよね。抗がん剤2日目に何やってるんだと。

やって来た家族はサンタが寝込んでるんで大爆笑。一気に病室がにぎやかになりました。

今日クリスマスイブに思いました。やっぱり、家族なんです。自分の気持ちを最後に救ってくれるのは。いつもは喧嘩《けんか》が絶えない激烈家族。

「ストレスの素！」

なんて思ったことも何度もあります。ですが、こんなにも自分の助けになってくれるなんて…


今朝、朝食を届けに来てくれた若い看護師さんにいいました。

「イブの夜が非番で良かったですね」


「でも…自宅で父と母と祝うんです」


「でも…今の僕にとっては、それも素敵なことですよ」

「そうですね！」

その笑顔がとてもよかった。
＊Merry Christmas! ＊

「スイッチの切り替え」をうまくやろう

クリスマスの夜をがんで入院して病室で1人ですごすなど、数か月前には想像もしていませんでした。最悪の状況です。でも、最悪なことばかりではありませんでした。

それは私にとって「奇跡」といえる体験でした。

■ブログ　12月25日　入院7日目

昨日のクリスマスイブのブログは、山下達郎さんのアルバムを聴きながら書いて文字チェックをしていました。

その時でした。

達郎さんの「クリスマス・イブ（イングリッシュ・ヴァージョン）」がイヤホンから流れ始めたんです。私のパソコンに入ってる達郎さんの名曲は135曲。このタイミングで、1年に一回しかない、このタイミングで、いや入院をしていてクリスマスイブにブログをチェックしてる一生に一度しかないこのタイミングで「♪クリスマスイブ」が偶然流れるなんて…


神様か達郎さんからのクリスマスプレゼントだと思いました。

文字チェックができなくなりました。聴きながら涙がどんどん溢れて来てしまったからです。こんな感動、病気にならなかったら得られなかった…

悪性リンパ腫になって、よかったとはいいません。

でも、このどん底の中で、いいことだってあるじゃないか！

そう思えるって素敵なことですよね。

がん告知、入院、抗がん剤投与、副作用……。様々なことを立て続けに体験する初心者の患者というものは、心の動きも激しく、感傷的になりやすいのです。

大好きな山下達郎さんの歌ですが、聴きながら泣いたのは初めてのことでした。

フォロワーが5万人を超えるという信じがたい状況の中で、大きな感情のうねりに任せて書いたこのブログ、反響は高かったです。

「でも、このどん底の中で、いいことだってあるじゃないか！」

この言葉、沁《し》みます

ありがとうございます

また、読ませて下さい

コメントさせて下さい

（からっ風小僧）

笠井さんの「どん底でもいいことがある」。この言葉に今、本当の意味で救われました。笠井さんと私とでは、今やっていることは違うけど、同じように試練を乗り越えようとしています。私は今、浪人生で大学受験を再チャレ

ンジしているところです。今年の3月、つまり、浪人が決まった時は失意のどん底でした。でも、今、この言葉を聞いて、せっかく神様が自分を見つめ直せるチャンスを与えて下さったんだから、あと少しだから最後まで頑張ろうと思えるようになりました。

（りか）

苦境に立たされた時に「引き算の縁」から「足し算の縁」へのスイッチの切り替えをうまくできる人は困難を乗り越えることができる人だと思っています。

過ぎ去ってみると「病気になって悪いことばかりじゃなかった」と言えるものですが、現在進行形で、苦しいときに、今だからこそのプラスの要素を見つけるように意識して生きる。そうやってプラスの部分を「貯金」してゆくことが、自らを苦しみや悲しみから解き放つコツだと思っています。

私も大学受験に失敗し浪人生でしたので、受験生の気持ちは痛いほどわかります。しかも弟が一つ下で同学年となってしまったので、浪人時代は焦りとストレスでいっぱいでした。コメントをくださった方の入試が良い結果だったと信じたいです。

しかし、仮にもし受験に失敗したとしても、その時こそ「スイッチの切り替え」です。

希望の大学に行けなかったという人生の大きな「引き算の縁」に苦しむのは仕方がありません。

しかし、入学後に出会う人々、めぐり合うクラブやサークル活動、そしてアルバイトなど、その大学に入ったからこそ出会えた「足し算の縁」があるはずなのです。

それは就職活動でも同じです。新型コロナウイルスの影響で2020年の就活はとても困難なものになりました。うまくいかなかった人も多いと思います。しかし、希望の会社に入れなかった人生最大の「引き算の縁」を悔いるだけで生きてゆくのはあまりにもったいない。何度も述べますが、新しい環境の中で残念な思いを募らせるのではなく、この環境だからこそ出会えたこと、少しでもいいなと思えることを貯金してゆく、それが前向きで穏やかな日々を迎える近道なのです。すくなくとも、私は人生最悪と言える4か月半の入院生活の中でそれを日々意識していました。

髪はいつ抜けるのか？

抗がん剤治療の最大の悩みは「脱毛」だという話を聞いたことがあります。副作用で髪が抜けスキンヘッドになるというのは皆さんもよく知っているでしょう。

職業柄、髪の毛のことはとても気になりました。

「いつから抜けはじめるんですか？」

なんて、看護師さんによく聞いていました。

「人によってまちまちですね」

たしかにそうなのでしょう。でも驚いたのは、髪の毛があまり抜けない人もいるというのです。

髪型が大きくかわってしまう。というか、髪がなくなる。私にとってこれは一大事です。というのも、大学時代から35年間、私は同じ髪型を貫き通しているのです。

精神的なショックをなるべく受けずに現実と向き合うにはどうすればよいか？

ブログに寄せられたコメントの中に「事前に散髪に行った」という人の体験談をいくつか見つけました。いつ抜けるかとびくびく待っているのではなく、自分から思い切って坊主頭にしてしまうという戦法です。これだ！ と思いました。

運命に翻弄《ほんろう》されるのではなく、迎え撃つ。自分で選択して前に進む方が性に合っています。この時、最初の病院にもセカンドオピニオンの病院にもなぜ理髪店があるのかがわかりました。それは脱毛を迎え撃つ決断をした人たちのため……なのです、きっと。

どうせ全部抜けるのです。バッサリ切って、新しい自分との出会いを楽しみにすることにしました。

やると決めたらすぐにやりたくなるのが笠井信輔。院内理髪店に「抗がん剤投与中でも散髪してもらえますか」と聞くとＯＫとのこと。しかもたったプラス５００円で病室まで出張散髪に来てくれるというのです。さすが病院の床屋さん。

1回目の抗がん剤投与中、約束の15時30分にベテランの女性理容師さんが笑顔とともに登場しました。「バッサリ切る」という意思の確認が行われ、抗がん剤を注入しながらの散髪が始まりました。髪を切ってもらいながら話を聞いて驚きました。担当の理容師さんはこの病院で生まれていました。それだけでなく、お子さんを２人、自分が生まれたこの病院で産んで、院内理髪店に勤めて18年！　まるでこの病院の申し子のような方だったのです。

そんな方に散髪してもらえてなんだか光栄でした。

やはり、抗がん剤治療の前に理容室に来る患者さんが多いそうで、1日1人くらいは、そうした患者さんだそうです。ただ、怖気《おじけ》づいて帰ってしまう人もいるんですって。そういう人に限って、翌日再びやってきて髪を切ってゆくそうです。

抗がん剤治療を受ける人たちは丸刈りにする人が多いとか。

「笠井さんも丸刈りでいいですか？」

「あのー……、高校球児ではなく、ちょっとオシャレなプロ野球選手のような感じにしてもらえます？」

まったく潔くない！

でもね、本人としては、脱毛のショックを受けないように事前に切るわけでして、散髪でショックを受けてしまっては、これまた本末転倒なのです。ですから、どうしても丸刈りの決断ができませんでした。

それでも、信じられない量の髪の毛がバッサバサ床に落ちてゆきます。

「大変、笠井さん毛量多いですね。こんなに切らなきゃいけない人、めったにいないですよ。私が腱鞘炎《けんしょうえん》になっちゃいますよ」

実は自慢の髪の毛なんです。私の髪の毛は真っ黒ですが、生まれてから56年間一度も染めたことがない！

この話は私の鉄板ネタの一つで、どこで誰に話しても「うそー！」と場が一瞬盛り上がります。一瞬ですけどね。ですから、大切な黒髪。踏ん切りがつかない。バッサリいくんだけど、そんなにバッサリ切らないでね！　という微妙な心模様になってしまうのです。

「じゃあ、このくらいにしときましょうか？」

この言葉に安堵した私。しかし、ここで散髪は終わりませんでした。なぜなら、この日、私の散髪シーンを撮影するために「とくダネ！」の笠井密着取材班が病院に来てくれていたからです。私が「とくダネ！」で病名の告白をした日、楽屋に渡邊貴《たかし》チーフプロデューサー（ＣＰ）がやって来て「密着取材をさせてほしい」との依頼があり、私が承諾したからです。

闘病を自分のブログやインスタグラムで発信するだけでは、独りよがりになってしまう可能性があります。テレビカメラが客観的に私の入院生活を伝えてくれるのはこのうえないことだと思いました。

取材メンバーは、高須Ｄ、佐々木Ｄ、そして永野陽子《ようこ》Ｄといったベテラン３人組。永野Ｄの自宅には何度飲みにいったかわかりません。気の置けない親しいメンバーを集めてくれた渡邊ＣＰには感謝しかありません。

ただ、入院患者への密着取材というものはなかなかハードルが高いものがあります。病院にとっては宣伝になるので良いかと思うかもしれませんが、私のように死ぬか生きるかというような病気の場合、密着中に万が一亡くなってしまった場合、その治療法が最善のものだったとしても病院の評判にどうしても影響を与えてしまいます。

私の希望も病院側の希望も、病院の名前を伏せるというものでした。主治医の先生には密着取材を認めてくださって本当に感謝しています。

散髪の日の取材ディレクターは高須さんでした。バッサリ行くのですから画《え》になります。

しかし、蓋《ふた》を開けてみたら、当人（私）はバッサリどころか、おしゃれなプロ野球選手を目指していました（笑）。実は私も「これじゃ画《え》にならないかな」とは感じていたので、思わず高須さんに「もっと切った方がいいかな？」と聞いてしまったのです。高須さんは控え目に「うん」。それで、「もうすこし切りましょう」とお願いしました。

不安な思いの中さらに短く髪を切って新しい髪型＝ＮＥＷ笠井の誕生です。鏡を見ると、自然と笑ってしまいます。こんな自分見たことない。

ところが高須さんは、

「あまり変わってないですね」

というのです。そして決定的な一言、

「丸刈りにすると思ってました」

なんですと！

それって、インパクトの強い画《え》を撮りたいだけでしょ。ほんとテレビマンって……と思いましたね。

私の散髪式は、ショックを受けるどころか、ワーワー笑いながら、高須さんと突っ込みあいながら、実ににぎやかに楽しいひと時となりました。新しい自分との出会いを楽しみました。

すべてが終わった後、改めて鏡をみて私は驚きました。私の2人の弟にそっくりになったのです。やっぱり兄弟だった。

髪の毛をバッサリ（?）切った一番の感想がそれでした。

奇跡！　万歳！　消えた排尿障害

実は、1回目の抗がん剤投与の結果、信じがたいことが起きていました。

■りんちゃん日誌　12月24日　入院6日目
朝から4回トイレ。なんと、いきまずにスッと出た
そのうち1回はおむつの中、声を出さずに一気に出た
出過ぎておむつから漏れそうになり慌てて起きる時、ベッドの背もたれを立てずに

腕の力だけで起きようとしたら、「イテテ」なしで起きられた
オレの体の中で何かが起きているのは確実
すごい!!

とにかく、驚きました。

抗がん剤を投与した2日目。24時間液体を体の中に流し込んでいるので夜、寝ていても頻繁にトイレに行きたくなります。そもそも排尿障害を起こしていたので、夜のトイレが本当に苦しかったのです。

なぜ、「悪性リンパ腫」に加えて「前立腺肥大症《ぜんりつせん》」も起こしてしまったのか？　あまりの苦しみに病を恨みました。

それがあれだけ排尿に苦しんでいたのに、この日からトイレでおしっこがシャーシャー出るのです。

7月から排尿障害を感じていたので、実に半年ぶりに普通に小便が出ました。

クリスマスの奇跡……ほんとにそう思いました。

まさかのことが起きたのです。1回1回トイレで幸せをかみしめました。普通に出るってこんなに気持ちいいものなのかと。

ただ、このことは、インスタグラムにもブログにも書きませんでした。「尿がシャーシャー出る」なんて、クリスマスに人に言うことじゃないな、と思ってしまったのでね。今、この本に書くのもちょっと迷ったくらいですから。

なぜ急に改善したのでしょう？　そういえば……

「抗がん剤治療が始まると、排尿障害も治ってくるかもしれませんね」

ＰＥＴの検査結果を見ながら先生がそうつぶやいたのを私は聞き逃してはいませんでした。その予想が見事に的中したのです。

抗がん剤投与わずか2日で効果が出るとは思いもよらぬ喜びです。

……と、思っていたら、夜になって再び腰の痛みが再発。やっぱりがんの治療はそんなに簡単にはいかないものです。

ただ、トイレの悩みはほぼ解決しました。よく出る、痛みも大幅に軽減。排泄《はいせつ》の悩みがなくなるってこんなに素敵なことなのかと実感しました。

それにしても、抗がん剤、恐るべしです。30時間ほど投与しただけで排尿の苦しみから解放されたのです。

こんな幸せありません。治ったわけではありませんが、治すこと以上に「苦痛を取り除く」ことが、入院患者にとってどれほど重要なのか？　身をもって知ることになりました。

「抗がん剤」を「幸願剤」と書き換えてコメントを寄せてくださる方の気持ちがわかりました。抗がん剤は確かに辛い副作用がありますが、私たちがん患者の「敵」ではありません。私たちの「幸」を「願」う薬「剤」なのです。私は自分の体験からそう捉えることができるようになり、毎回、「効きますように。よろしくお願いします」という前向きな気持ちで抗がん剤、いや「幸願剤」の点滴を受けていました。

辛い姿をさらす意味

「ステージⅣ」と告知されると、患者本人も家族も深刻な日々を迎えます。確かに私も一時は「死ぬかもしれない」「だめかもしれない」と考えました。しかし職業柄「悪いことは翌日に持ち越さない」が身に沁みついています。生放送の現場ではミスをしたことを翌日まで引きずっていたら体がもたないのです。一晩寝たらリセットして新たな気持ちで仕事に臨む精神を放送現場で学びました。

闘病も同じです。どうせなら、この闘病を前向きに明るく良い経験をしたといえるものにしたい。私は入院をする前からそう考えていました。

「とくダネ！」の密着取材のタイトルを「がんと闘う」にしたいと提案されたとき

に、がんと闘うために入院するというよりは、がんとうまく付き合って治そうとしているので、苦しみや困難をイメージする「闘う」ではなく、「がんと向きあう」にして欲しいとお願いしました。

一方で入院生活にはもちろん辛く苦しい「暗部」も存在します。この本で公表した「りんちゃん日誌」にはそんな秘密を書いていました。

年が明けると、闘病生活を前向きにつづるインスタグラムもブログもそれぞれフォロワーが10万人を超えました。信じられない数の皆さんに注目していただいて、「面白情報だけ出しているのは違う」と私は強く考えるようになったのです。

■インスタグラム　1月15日　入院28日目
ダルいダルいダルいダルいダルいダルいダルいダルいダルい
2回目の抗がん剤24時間連続投与も3日目となってさらにきつくなってきました。昼ごはんも食べたくないし
(でも絶対完食してやる)
本当は写真撮るのもめんどくさいんだけども

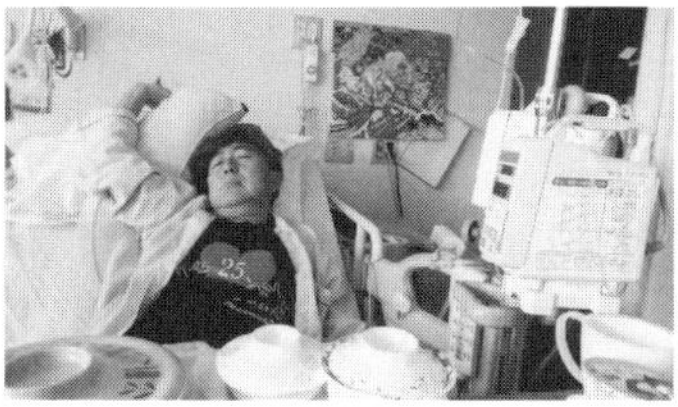

■インスタグラム　2月13日　入院57日目
つらいですしんどいです。行動制限・食事制限2日目
白血球はこれまでにないくらい下がり免疫力がないので、
感染症に気をつけなければいけません
今日は朝から珍しく頭痛で、薬をもらえましたが、ずっと
ベッドで横になっています

■インスタグラム　3月1日　入院74日目
結局きつくて1日中寝込んだまま
なんかもうどうでもいい感じ
まだあと2ヶ月もあるんです
いやになっちゃう。でも多分ここが踏ん張りどころなん
です
負けられない。負けちゃいけない

■インスタグラム　3月19日　入院92日目

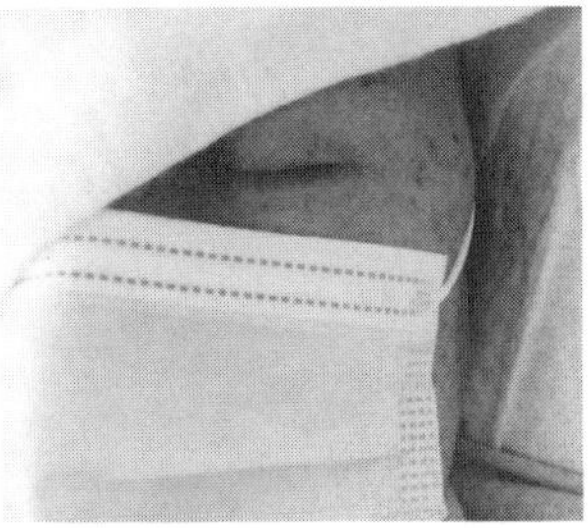

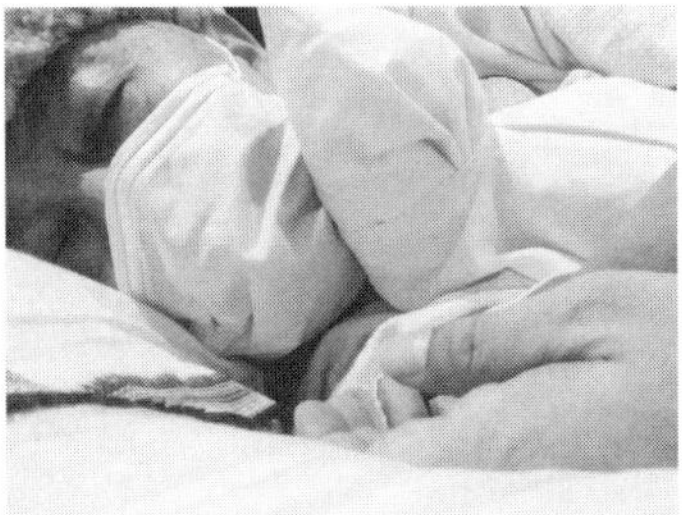

5回目の抗がん剤5日間24時間連続投与4日目になりました
今朝から「どーん」ときました
倦怠感です。食欲もまったく起きないし、いろいろやる気がおきません
ここからが本番です

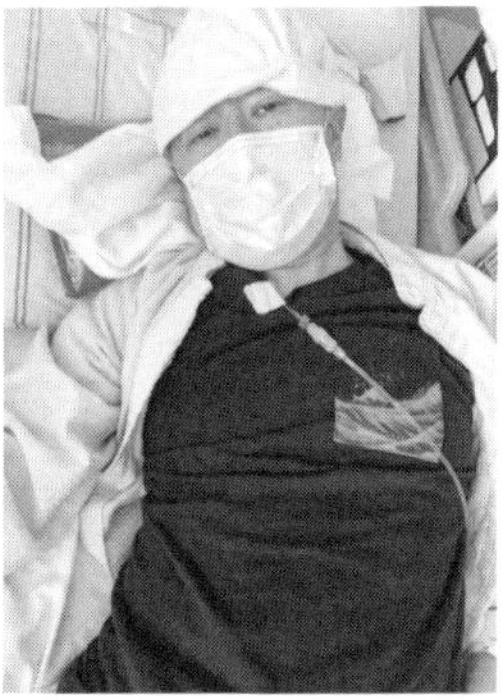

■インスタグラム　3月22日　入院95日目
きつい辛いきついきつい辛い。「鬼滅《きめつ》の刃《やいば》」もよめない
魔の日曜日がやってきた。食べたくないでも食べた
己を鼓舞しろ！

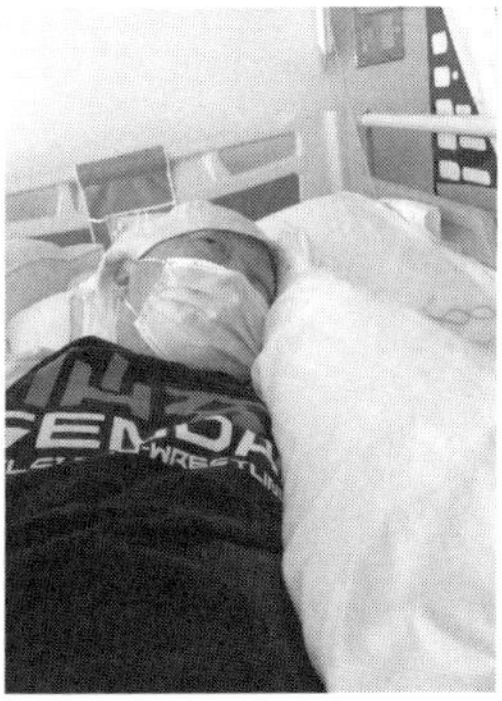

■インスタグラム　4月13日　入院117日目
抗がん剤の6回目、どうやら最後の山は1番高かったようです。月曜になっても、こんなに体調が悪いのは初めてで採血の結果、輸血することになりました

昨日、たくさんのお誕生日メールやLINE、コメントをもらいましたが
1つも読めずにいます。皆さん、本当にありがとう

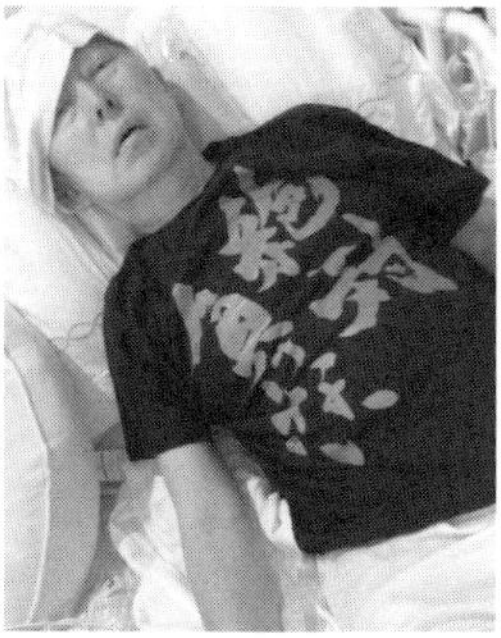

■ブログ　3月1日　入院74日目
「なんでこんな辛い目にあうんだろう。もう、いやだ」

というメンタルな落ち込みがひどい日でした。

このスマホの中に、東日本大震災の時の大切な写真があります。

石巻の商店街で見つけた、流されてきた車に大きく書かれたメッセージ。

「明けない夜はない」

私は強い感銘を受けました。この思いがあれば、ここの皆さんはきっと乗り越えていける。

あの時は取材者として、このメッセージを読んでいましたが
今、まさに私は当事者として、明けそうもない夜の中にいます。

後日、書いた方を探し出し、当時の思いをうかがいました

「麒麟《きりん》がくる」は、いよいよ織田信長の登場です。
「テセウスの船」は、ついに事件当日を迎えました。
来週、続きを見なければいけません。いや、見たいんです。だから、乗り越えないと。
つらくて苦しい…
でも負けられません。
負けちゃいけない。
明けない夜はないんですから。

ありのままの自分をお伝えしよう。「明るく楽しく」がんと向き合う自分だけをSNSに投稿していたら、現在がんと闘っている、がんと闘ってきたがんサバイバーの皆さんに叱られてしまいます。

「そんなに甘いものじゃない。厳しい入院生活をがんを知らない皆さんに伝えてほしい」と、きっとそう思われるはずなのです。

そこで副作用や痛みに苦しむ「ぶざま」で「かっこ悪い」笠井信輔も見ていただく決断をしました。

今見返しても、なんて恥ずかしい姿をと思いますが、当時は必死でした。ブログとインスタグラムはできる限り1日1回更新しようと頑張っていたので、具合が悪くなる度に「この姿を伝えなければ」ともがいていました。

でも、私なんて、ほんとに、まだいい方なのです。抗がん剤治療にもっともっと苦しんでいる方や、すでにお亡くなりになった方の残されたブログを拝見すると壮絶なことが書かれていて、「完全寛解しました」なんてニコニコしていて申し訳ない気持ちになります。

しかし一方で、「こんな私でも、ステージⅣでも元気になれるんです」というケースをお見せしなければと強く思ってこの本を書いています。

私の具合が悪くなるのは毎回抗がん剤投与の3日目ぐらいから。そして、5日目に抗がん剤が終了するとさらに「ずん」としんどい状況になり、7日目ごろがピーク。私の場合は点滴が終わってからがひどかったです。ただ、遅くても10日目ぐらいには回復しました。その繰り返しです。

回復すると、お昼ごろ看護師さんに「抜けました！」と報告していました。

抗がん剤治療は、通院しながら、入退院を繰り返しながら投与を受ける人の方が多いようです。

抗がん剤投与が終わる度に自宅に帰る生活も大変だと思います。女性の場合は、家族の面倒を見るために家事炊事をするそうです。翌日から出勤する人もいるとか。厳しい副作用と闘いながら……。

ですから、抗がん剤治療を受けている方が周囲にいる方は、「抗がん剤治療が終わって良かったね」ではなく、抗がん剤が終わった今こそ副作用で辛い思いをしている、とわかってあげてほしい、いたわってあげてほしいと思います。抗がん剤治療とは本当に厳しいものなのです。

「6回の抗がん剤投与のうち何回目がきついんですか？」

私が最初に看護師さんに聞いた質問です。

寄せられたコメントを読むと、

「だんだん慣れてきてうまくかわせるようになる」という方もいれば、「厳しさは回を重ねるごとにひどくなる」という方もいました。

私は、1回目より2回目がつらく、でも「こんなものかな」と考えていたら、甘かったです。3、4、5、6回とどんどんきつくなっていきました。4回目終了直後の「なんかもうどうでもいい感じ」という投稿は本音中の本音。

あまりのきつさに、抗がん剤治療を途中で断念する方もいるそうです。「闘病」ということばは、確かに間違ってはいないのです。

インスタグラムは写真がなければ更新できません。

自撮り……。

そうするしかありませんでした。自撮り棒&三脚&セルフタイマーを使って、ウソがないように、可能な限り自然体の自分をカメラに収めました。

かっこ悪いけど、撮っておいて良かったと思います。そこにはがんと「向きあう」だけではない「闘う」自分の姿が記録されていたからです。

頑張ったな……と素直に思える写真たちです。

そんな私の姿を見て、皆さんがいつも以上にたくさんのコメントを寄せてくださいました。

笠井さん、つらい時期だと思います。私も去年抗がん剤を体験しました。3回目以降くらいから、なんのために生きてるんだろう、こんなにつらいのがずっと続いたらどうしようとメンタル面の打撃に苦しめられました。でも今は元気に仕事をしています。笠井さん、大丈夫です。元に戻ります。今は辛くてしんどいと思いますが、その先にはご褒美のように楽しい日々が待ってます。辛いときはずっと寝てたっていいんです。私もずっと寝てる日々が1週間くらい続きました。大丈夫です！

（える）

はじめまして。
私も今乳がんの術前抗がん剤中です。
今日6回目の投与をしてきました。
今まで、色々なきつい事がありました。
鼻血が止まらなくなったり、血圧が下がりすぎて意識がなくなったり、はじめて過呼吸にもなりました。

今も、副作用がこないかびくびくして、不安でいっぱいです。

子どももまだ4歳なので、病気のことはあまり感じさせないようにしなくてはいけません。

私もしょっちゅうなんでこんなきつい思いをしないといけないんだろう?と思います。

明けない夜はないの写真に涙がでました。

まだ死にたくありません。

がんばりましょう!


（ひさ）


副作用が辛そうですね。

私は乳がんで入院してた時、どん底まで落ちた時がありました。窓から見える冬空に泣け、テレビから流れるクリスマスの華やかな映像に泣け…。どうして私だけ?と何度も思っていました。人間だもん、辛い時は泣いていいんですよね。

明けない夜はない…少しずつラクになりますから、体調の悪い時は無理なさらずに。応援しています。

(mocomaro-p)

私は今自分が生きてるこの瞬間を本当に辛いと思って生きてる意味も見つけられずにいました。でも、貴方のブログをみて、私よりこんな苦しんでる人がいるのに、私はなんて自分に甘いんだ、と思いました。貴方が諦めてしまったら、他の人はどうなりますか??どうか、生きる事を諦めないで!!みんな貴方が生きる事を望んでいます!!辛い今、頑張れとは言いません。どうか、生きてください。

(ゆうき)

生きてください!

笠井さんはじめまして。

笠井さん身勝手なことと分かって伝えたいです。

笠井さん生きてください。

あたしは何も何年も死にたいって思って生きてきた過去があります。

きっとその時なら自分の寿命をこんな素晴らしい方に移行することは出来ないのかなって思ったと思います。

でも今は違います！

あたしも生きます！

笠井さん一緒に生きてください！

笠井さんの楽しいトークをまたテレビで見たいです！

でもただ生きていてくださるだけでもいいです。

全力で生きてきた人生だと思われます。

少ししんどい休憩ぐらいでアクセル全開からニュートラルでも生きてください。


身勝手なことを申し伝えてしまいすみません。

あたしは笠井さんの笑顔にたくさんはげまされました。

どうかどうかご自愛くださいませ。


(megu)

胸に迫りました。ベッドで読みながら「生きなければ」と1人病室で涙しました。励ましているようで、本当は私が励まされているのです。

死生観が変わった日①——阪神淡路大震災

1月17日、3月11日、3月20日。

この3日間は、私のアナウンサー人生33年の中でとても重要な日です。この日をきっかけに私は生涯忘れない数々の体験をしてきました。死生観や人生の価値観が変わった日でもありました。そしてこの3日が奇《く》しくも私の入院中にやってきたのです。「伝えなければならない」とパソコンに向かいました。

■ブログ　1月17日　阪神淡路大震災から25年

抗がん剤連続投与最終日ですが、まずはこの話をさせてください。

25年前のあの日、私は昼のワイド番組のリポーターをしていました。

発災から45分後にタクシーに飛び乗り、羽田から大阪の伊丹空港に飛ぶ1番機に奇跡的に搭乗できたのは私たち取材班だけ、あとは、被災者の家族や、政府関係者ばかりでした。

現場は想像を絶する光景でした。高速道路や一面の住宅街の崩壊、マンションの倒壊、長田区《ながた》の大火災。我々報道陣が経験した事のない大災害を前に、30歳そこそこの私はうろたえました。

何よりも現場到着が早すぎました。住宅の倒壊現場へ行くと、呆然《ぼうぜん》と立ち尽くしていた被災者の皆さんが、詰め寄ってきました。

「救急車呼んでください！」

「消防車を呼んでください！」

「ガスを止めてください！」

「1階で2階の下敷きになっているおじいちゃんを一緒に引っ張り出してくださ い！」

〝取材拒否〟なんて甘いものではありませんでした。みなさんが我々に助けを求めて、すがってきたのです。

一旦《いったん》取材を中止して、取材班4人で話し合いました。

「私たちは何をしにここに来たのか？　それは、この未曾有《みぞう》の大災害をいち早く日本中の、世界中の皆さんに伝えるために来たのではないか？」

「一人の命は非常に重い。しかし、重機もない中、半日以上ここに立ち止まっていては、いけないのではないか？」


「伝えなきゃ！」


その思いが私たちの結論でした。

それからの取材は、被災者の皆さんに謝りながらのものとなりました。

「ごめんなさい、手伝えないんです」

「僕らは今この光景を取材して、この素材を中継車から東京に送らなければならないんです」

あの時、私たちの判断は正しかったのか？　25年経った今でも答えは出せません。

あの震災で犠牲となった６４３４人の方々のご冥福《めいふく》を、心からお祈りします。

目の前の命を救うこと。それは人として当然のことです。

しかし、私たち取材班はそれをせずに、「取材し伝える」という道を選びました。より多くの命を救うために、目の前の命に目をつむりました。そのためには、ある種の感情を捨てる必要がありました。自分の仕事の特殊性を強く認識する必要がありました。

ただ、その感情を維持するのには限界があります。私たちは長田区の火災現場で、思わず消火活動を手伝ったのです。

あの時、火事を消そうと大きなゴミバケツに水をいっぱい入れて運んでいる住民に遭遇し、カメラを回し声をかけました。

「これ、どこまで運ぶんですか！」

「あそこの家から煙が出てて」

「あっ！」

その時、その方は手を滑らせてバケツを地面に落としてしまったのです。瞬間的な判断でした。

「運ぼう！」私と後藤ディレクターは疲れを見せている住民の方に代わってバケツを現場まで運んだのです。

その場面は深夜の特番で放送されました。しかし、その放送を見た報道局の上司から怒られたのです。私は反論しました。

「あの現場に行けばわかります。現場の酷《ひど》さと混乱を知れば、手伝うのは当然です」

「だったら、カメラマンもカメラを置いて手伝え！　私は手伝いました、などという映像を送ってくるのは、えせジャーナリストだ！」

その上司の発言に返す言葉が見つかりませんでした。あの被災地でとにかく人を、命を救いたかっただけなのです。

沢山の「死」を目の前にして、私たちはどうしても前を向きたいと思うようになり、現地で「生」を求めました。発災二日目、震災当日に生まれた赤ちゃんを探したのです。

阪神大震災当日に生まれた赤ちゃん
25年前に取材いただいた産婦人科医です。あの時の放送で笠井アナが開口一番「やってるんだ」と言った言葉は忘れられません。この度の病気、私も8年前、全く同じ病気にかかり、ひどい副作用も経験し、3年前には再発も経験しました。副作用は付きもののようですが、喉もとを過ぎるのを待てば楽

になります。お互い頑張りましょう。

(show nakamura)

その産婦人科のことは覚えています。停電で薄暗いロビーの奥に確かに赤ちゃんたちはいました。その時の取材先の先生がコメントを寄せてくださったのです。信じられませんでした。四半世紀たって再びつながった。しかも、その先生も私と同じ悪性リンパ腫を乗り越えて頑張っていらした。胸が熱くなりました。

あの時、無事生まれた赤ちゃんを「なんて運の強い子なんだ」と皆で祝福しました。すると、震災のときに生まれたと言う方からもコメントが届いたのです。

はじめまして。

私は自分の誕生日が大嫌いです。

存在を認めてもらえたことがないからです。

阪神淡路大震災で多くのかたが悲しみ、涙を流しているときに私は誕生しました。

誕生日になると周りの大人からは

「おめでとうと言われたいなんて不謹慎な自己中」、「被災した人に比べると生きてるだけでしあわせなんだから甘え腐った考えをするならお前が代わりに死ねばよかった」と言われて育ちました。

自分でもそう思います。

自分の代わりに誰かが助かり、笑顔が、しあわせがあるなら自分はうまれなければよかったと毎日思います。

何が正しいのかはわからないけれど、いつか自分が生まれたことを自分で認められるように生きていきたいと思いました。

（HZLGL）

そのコメントに胸がつぶれそうになりました。あの震災のときに生まれた子に、そんな困難が待ち受けていたなんて。想像力の欠如でした。あのとき、被災地で生まれたお子さんは何人もいるのです。私が取材した赤ちゃんはどんな人生を歩んでいるのかと思わずにはいられませんでした。

すると、ここからさらに私の想像を超えることが起きました。
このコメントを読んだ皆さんが、私のコメント欄を使って呼びかけたのです。

>HZLGLさん
子どもを産んで思います。出産することって実は奇跡の連続なんです。受精する確率も案外低いもの、安定期までに流産する確率は意外と高い、無事産まれても病気などで命を落とす…そんなことが実は当たり前にあることで、こうしてHZLGLさんが生きていること自体が奇跡の連続なんです。なのに、そんな言葉をかけられながら誕生日を迎えられるなんて悲しすぎます。そんなことないって抱きしめたいです。そんな言葉をかけられる環境から逃げられるなら逃げてください。あなたのことを大切に思ってくれる人は必ずいますよ。

（ママ）

>HZLGLさん
こんにちは。

生まれて来ていけない命なんてありません。神様があなたを選んだのです。今日と言う日を迎えられない人が大勢います。私は、あなたに心から、生まれて来てくれて、ありがとうと言わせて頂きます。
1日1日を丁寧に、笑顔で生きて下さいね。
お誕生日、おめでとう。

（なでしこ）

＞ＨＺＬＧＬさん
同じ空の下で
自分に優しく
生きていきたいですね。
私の故郷は津波に流されました。
同じ空の下で
自分に優しくしてあげよう。
お誕生日おめでとうございます

（たき）

皆さんなんて優しい、なんて深い思いなのでしょう。これをご本人も読んでいました。

ありがとうございます
>ママさん

ママさん
はじめまして
コメントありがとうございます

命の重み、大切さを
改めて考え直すことができました。
抱きしめてくださって
ありがとうございます！
とても嬉しいです!!

ありがとうございます
＞なでしこさん

（HZLGL）

なでしこさん
はじめまして
コメントありがとうございます

『ありがとう』
ものすごく嬉《うれ》しいお言葉を
ありがとうございます！
なでしこさんも生まれてきてくださってありがとうございます！
出会ってくださって
ありがとうございます！

（HZLGL）

ありがとうございます
＞たきさん

たきさん
はじめまして
コメントありがとうございます

同じ空の下に　たきさんがいる。
ひとりじゃない。
優しさに包まれて
温かい気持ちになれました。
ありがとうございます！

（ＨＺＬＧＬ）

私のコメント欄を使い温かな声をかけてくれた方たちへ返事を。しかも一人一人に丁寧に。苦労の多い人生の中でやさしさを身に付けられたのだと思います。

ブログのもう一つの力を見せてもらいました。私のブログという場で、私の存在を飛び越して、手を差し伸べて打ち解け、癒《いや》し、そして絆を結び、ともに前に進もうとしています。

なんて素敵なことなのでしょう。

「抱きしめてくださって」「出会ってくださって」ありがとう。このコメントを読んで、文字の力を改めて認識しました。

面と向かって言葉をかわすことがもちろん一番だと信じています。しかし、この言葉のやり取りは、かけがえのないSNSの力だと思いました。コメントで、傷ついた人を抱きしめることができるのです。

一つのコミュニティを形成しているのだと実感しました。

あのとき、震災のなかで生まれた赤ちゃんを探し取材した当事者として、その方の厳しい人生の少しでも助けになったのなら、私はこのブログを開設した意味があると思うのです。

死生観が変わった日②――地下鉄サリン事件

■ブログ　3月19日　明日、地下鉄サリン事件から25年

5回目の抗がん剤。かなりしんどくなってきました。

しかし、どうしてもブログでお伝えしなければならないことがあります。

明日3月20日(金)で、あの「地下鉄サリン事件」から25年。とても大きな節目。

忘れてはいけない日……

私は、あの日、あの瞬間、

あの現場に立っていたのです。

1995年3月20日朝。私は早朝取材のリポーターとして局で準備をしていました。

その時、

【地下鉄築地駅等5駅で原因不明の異臭が発生。乗客ら十数人倒れる】

地下鉄サリン事件発生の第一報でした。すぐに出動命令！

「カメラクルーと築地交差点で合流せよ」

これが日本の事件史に残る重大事件になるなんて思ってもいませんでした。

私は、タクシーにのるやいなやラジオのＮＨＫ特番に耳を傾けました。

『消防車両50台、救急車両30台、新大橋通りは封鎖、近隣の病院に多数の患者を次々と搬送…』

細かな情報をすべてメモ帳にメモしながら、現場のイメージを頭に叩き込みました。


午前10時、築地交差点に着くと本当に大変なことになっていました。

フジテレビの特番が始まりました。番組を自分のラジオで聞いていると、特番キャスターの堺正幸《まさゆき》アナウンサーが中継現場に呼びかけています。

「築地駅前に吉野記者が行っています。吉野さん！……吉野さん‼」

フジテレビの中継カメラを見つけましたが、吉野記者はいません。

私は、その場にいたスタッフに聞きました。

「ねえ、ここって築地？」

「そうです、築地です！」

答えたのはスタッフではなく、本番中の堺アナでした。

スタッフが持っていた吉野記者用のマイクが私の声を拾ってしまったのです。

〈なむさん！〉

現場に着いたばかりでしたが、私はスタッフからマイクを奪い取り、カメラの前に

「はい、築地です」

「か！　笠井アナウンサー！」驚く堺アナ。

自分の判断で慌ててカメラ前に飛び込んだので勢いがつき過ぎて交通整理の警察官にぶつかり、音声担当者が慌てて私の耳に本番用イヤホンを入れているのが写ってしまいました。

しかし、私は、何事もなかったかのように、しかし、焦りながら中継を始めました。とにかくこの惨事を伝えることしか頭になかったのです。

結局、そのまま夜9時まで連続11時間、築地駅前で中継を行いました。

中継の合い間に近くの聖路加《せいろか》病院に取材に行くと、救急医療のベッドは足らず、廊下のストレッチャーや、長椅子にたくさんの被害者が寝転がっていて、まるで野戦病院。

朝から夜の9時まで、私の中継ポイントは、11時間経つにつれどんどん築地駅の入り口に近づいていきました。最終的には、私自身も自衛隊の散布した「サリン解毒剤」を吸い込み、翌日まで頭痛が治りませんでした。

「もしかしたら、サリンを吸ってしまったのかもしれない」

その日の晩の不安は今でも忘れられません。


その2日後――――

さらに信じ難いことが起きたのです。

高校時代の放送委員会で大変親しくしていた一つ下の後輩の西村暢彦《のぶひこ》くんから衝撃的な電話が。あの日、霞ケ関駅で事件に遭遇して「サリンの写真」を撮影したというのです。それまでテレビで放送されていたのは「チリトリ回収後のサリンの袋」でした。西村君の撮った写真は、まさに電車の中で「つぶれかけているサリンの袋からサリンが漏れ出ている」信じられない写真だったのです。

もちろん、いち早くスクープ写真としてフジテレビで放送させて頂きました。詳しいことは西村君が当時のことを詳しくホームページ「あの朝、地下鉄でサリンを写した」に書いていますので、読んでみてください。

もちろん彼もサリンの被害を受けました。よく死ななかったと、本当に驚きます。

そして……

最後に、もう一つ事実を書かせてください。

オウム真理教でサリン生成方法を確立し、極刑に処された土谷正実《つちやまさみ》元死刑囚も同じ高校の出身。しかも私の一つ下、西村君とは同期です。ラグビー部の中心選手。私の弟も同じ高校で一つ下だったので、彼の存在は知っていました。

楽しく、懐かしく、良い思い出しかない高校生活でした。

同じ時を、同じ高校で青春を謳歌《おうか》した3人が、その15年後に、

事件を起こした【死刑囚】と、

ばらまかれたサリンの写真を撮影した【被害者】と、

アナウンサーになった【取材者】としてつながるなんて、

なんという人生なんでしょう。

地下鉄サリン事件の2ヶ月後、オウム真理教の教祖・麻原彰晃《しょうこう》（松本智津夫）元死

刑囚逮捕。
私はその捜索から逮捕まで、上九一色村《かみくいしきむら》のサティアンの上空でヘリコプターから7時間中継を行いました。

ただ、まだサリンの後遺症に苦しんでいる方々は沢山いるのです。せめてこのブログを読んだ方だけでも、あの日のことを思い出したり、あの日何があったか調べていただけるといいなと思って書かせていただきました。

このころは、ブログのフォロワーは15万人を越え、インスタグラムは30万人近くにまで増えていました。ありがたいことに自分が書けば一定数の人に伝わり、ネットニュースに取り上げられればさらに多くの人に見てもらえます。
いつもはがん関係者の皆さんのコメントがたくさん集まるのですが、こういった日のコメント欄は様相が一変するのが私のブログの特徴でした。

――25年経過したのですか。
あの日私の乗った日比谷線の別の車両でサリンが撒《ま》かれ、駅のホームで具合が悪く座り込む方を横目で見ながら地上に出て迷子になりながら会社に出社しました。

帰りは千代田線を利用し、霞ケ関駅を停車せず通過した事もよく覚えています。

何が生死を分けたのかと何度も思い出しては考え、考え続けながら生きていこうと思っている事件です。

笠井さん、ブログに書いていただきありがとうございました。


（よるくま）


私はあの事件、奇跡的に回避できたうちの一人です。

あの日、私は彼に会う為にあの電車に乗るはずだったのです。しかし、私の体調がすぐれず、急遽《きゅうきょ》中止になったのです。

まさかあんな事が起きるだなんて。

私はＴＶの前で愕然《がくぜん》としました。もはやご先祖様や守護してくれている方々が助けてくださったとしか思えませんでした。

そして彼は主人に。子どもも成人し…時は流れて行きますが、あの時の恐怖は忘れる事は出来ません。

（茶々）

毎朝私が乗ってる日比谷線の乗ってる時刻の車両で、しかもいつも立っている場所でサリンは撒かれました。

私はその日たまたま、１つ早い電車に乗っていて、事件には巻き込まれませんでした。

会社に着きほどなくして、外が騒がしい。

当時秘書室勤務だった私はテレビで情報確認、社長からの社員が事件に巻き込まれてないか確認するよう指示され、社内中を走り回ってました。

正直事件現場の写真、オフィス街での数台にもおよぶサイレンの音、いまだに怖いです。

今日被害者の方が、お一人亡くなりました。ご冥福をお祈りします。

今私は生きています。

病気で、体はポンコツで何も出来ないけど、自分の子供たちだけにでも、この事件の話はしっかり毎年して風化させないようにします。

（sunsun 1024sunsun 1024777）

こんばんは
この事件は、鮮明に覚えています。

会社の研修があった日。

東京駅から丸の内線に乗り、発車を待っていた。

駅の放送で、『築地で爆弾事件がありました。電車は、暫《しばら》く停車します』と放送があった。

暫くして、電車は、研修所の最寄り駅に着いた。

研修が始まっても顔馴染《なじ》みの人が見えない。最後まで来なかった。その人の名は、浅川さん。


研修中も本社の人が、バタバタと動いてた。帰りには、地下鉄を使わないで、帰るようにと、指示があった。まさか、こんな事になってるなんて知らなかった。

研修、１週間前に本社からのメールで、

『進行方向の前から2両目の前から2つ目の扉が便利』と連絡が来て、浅川さんは、素直にその場所に乗って事件に巻き込まれた。

浅川さん、25年もの間闘病生活をされて、辛かったと思う。家族も大変だったと思う。10日に亡くなったと今日のニュースで知って、泣いてしまいました。

浅川さんのご冥福をお祈りします。

（そう）


一体、何が生死をわけるのでしょうか？

あの日、同じ電車の別の車両に乗っていた人。

具合が悪くなり、あの電車に乗らなかった人。

たまたまその日は一つ前の電車に乗った人。

そして、会社の指示のまま事件車両に乗ってしまった浅川幸子《あさかわさちこ》さん。

亡くなった方は14人、負傷者は6300人。人生、ほんとにどこで途絶えてしまうか、何に遭遇するかわかりません。

「病死は家族に迷惑もかけるから嫌だ」「死ぬなら事故かなんかでサッと死にたい」。

私は以前からそう思っていました。

しかし、実際がんになって、その思いは逆転しました。

「全身にがんが散らばっている」「ステージⅣ」と告知され、「死にたくない」と素直に思いました。しかし一方で、自分の思うがままに生きてきて、こんなに幸せな人生はなかった。ここで死んでも仕方がない。「十分人生は楽しませてもらったので死を受け入れてあきらめよう」という2人目の自分も心の中にいたのです。

ただ、私は手遅れの状態ではないとわかった時に、もう1人の自分も「生きよう」と思えるようになりました。

医療の進歩とともに、命は選択することができる時代になったのです。

告知を受けたその時に「生きよう」「闘おう」「乗り越えよう」と思えるのか、あきらめるのか？

「あきらめるのはいつでもできるよ」

これ、私がよく使うフレーズです。頑張れる可能性があるならとにかくできるところまで頑張ってみよう。悪性リンパ腫なんていうよくわからない血液のがんでステージも最悪で、でもあきらめなかったのは、「治る可能性が十分ある」という先生の言葉と家族の存在、そして「私も治りました」というほんとにたくさんのがんサバイバーの皆さんの励ましのコメントでした。

「治るんだ」と思えたときに、まだ三男が高校生で「ここで家族と別れたくない」という気持ちが湧き上がったのです。

「できるならサッと死にたい」と思っていた自分はなんて甘かったのだろうと。

事故で、事件で、自分でもわからないうちに死んでしまったら、家族とも友人たちともお別れできません。突然逝ってしまうほど、残されたものにとって残酷なことはないのです。

入院生活の中で家族のありがたみを再認識し、家族との関係を再構築できました。復活するにせよ、天に召されるにせよ、病室で自分に与えられた時間はとてもかけがえのないものだと思うようになったのです。

日本人ががんになる確率は約50%。2人に1人はがんになる時代です。

SNSを始めて寄せられたコメントすべてに目を通して思ったことは、世の中にこんなにも沢山、がんサバイバー、がん関係者がいるという現実でした。むしろ、がんになった私の歩んだ道のほうが一般的で、がんにならない人生のほうが珍しいのではないか？　そこまで感じるほどなのです。

確率2分の1、そのことを身をもって体験した私は、今では「死ぬならサッと死にたい」などと思わなくなりました。「負けてたまるか！」と立ち上がる時間をくれるのが病気であり入院だと思うようになりました。

あっさり「運命を受け入れよう」なんて思うのは、誰のためにもならないのです。

安《あ》達《だち》隆《たか》夫《お》おじさんは私と同じ悪性リンパ腫でわずか4か月で、53歳でこの世を去りました。30年前はそれが現実でした。

しかし、医療の進歩によって「運命は変えられる」。それがステージⅣから戻ってきた私の実感です。

死生観が変わった日③——東日本大震災

■ブログ　3月12日　東日本大震災から9年

3月11日は東日本大震災が起きた日です。

やはり今年は、この日を病室で迎えることになりました。

あの大災害の日からこれまで8年間、毎年必ず被災地を訪れ、その年その年の問題点を、人々の絆を、「とくダネ！」でお伝えしてきました。

9年前のあの日……

12時間かけて発災2日目の昼、仙台に到着。壮絶な津波被害の光景に心が折れそうになりました。

始めの3日間は、どの港町に行っても町が壊滅状態で、心の中では「町はもう直らない、元には戻らない、もう、おしまいだ」と絶望的な気持ちになりました。

感情を揺さぶられることが多く、涙をこらえるのも忘れ、ひたすら被災者の方々にどうすれば寄り添えるのか？　そう考えながら取材を続ける1か月。

阪神大震災の被災地は悲しいけれど、活気がありました。

しかし、東日本大震災発災当初の津波到達点内はシーンとしているんです。

崩壊と瓦礫《がれき》と泥だらけの町の中にある避難所を尋ねると被災者の皆さんは、

「私は良い方です、家が流されただけですので…」

「うちは、亡くなったのは1人だけですから…良い方です」

「家族3人失いましたが、みな遺体が見つかったので…良い方です」

どう考えても、過酷な状況なのに、東北の皆さんは「もっと大変な人がいますから」と、歯を食いしばって我慢していました。そして私の顔を見て、「遠くからよく来てくださいました」と笑顔で迎えてくれる方もいらっしゃいました。

たまりませんでした……

ただ、その凄《すさ》まじい状況の中で出会った方々とは9年経った今でも交流がありまず。今回、私が大病を患ってしまったので仙台市宮城野《みやぎの》区岡田地区の皆さんから、お見舞いの品と寄せ書きが届きました。南三陸の皆さんは、わざわざ病室にお見舞いに来てくださいました。

本当にありがとうございます。

持ってきてくださった寄せ書きにはこう書かれていました（写真上）。

「感慨無量」とはこういう時に使う言葉なのでしょう。

私は常に、被災した皆さんを励まさなければ、という思いでここまでやってきました。それがいつの間にか、東北の皆さんに励まされる立場になっていました。

町の皆さんが寄せ書きをしてくれるなんて、まさか病室にまで来てくださるなんて……。

がんになることは決してうれしいことではありません。でも、がんになったことで当時の被災者の皆さんとの絆を再確認することができました。それは自分がこの9年間やってきたことは間違っていなかったのだという、何とも言えない喜びでした。「足し算の縁」がなによりの力づけになったのです。

被災地という言葉も現地であまり使われなくなった今、大きな課題の一つが東日本大震災の「津波の恐怖」をどう次の世代に伝えるかだと思っています。

死者・行方不明者1万8000人。こうやって人の命の数をひとまとめにすると。「本当に沢山の命が失われました」という感想で終わってしまいます。

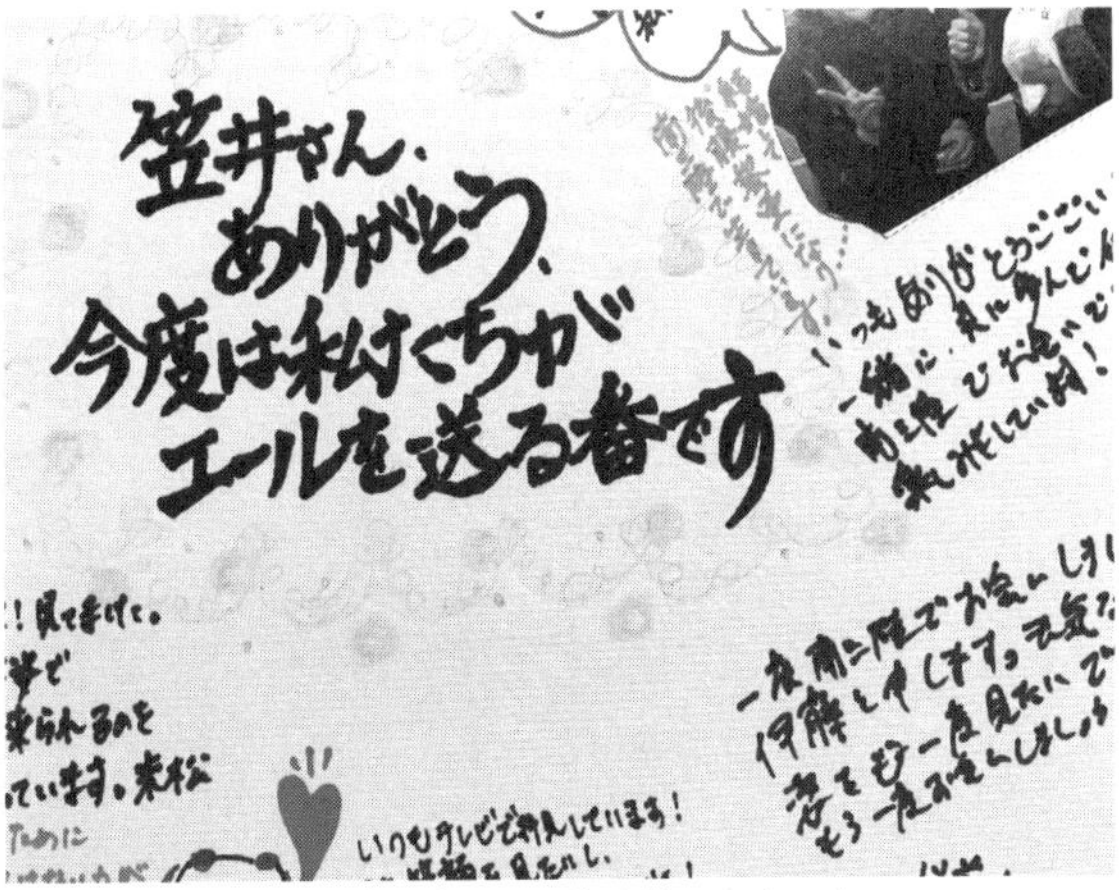

“被災地”の皆さんの寄せ書きに、胸を熱くしました

でも一つ一つの死は想像を越えて重く辛いものです。震災6日目に小さな男の子と一緒に、お母さんのご遺体を見つけた時のことは忘れられません。

その時、男の子は流された車の中に横たわる遺体を前に「お母さんでなくても助かるといいね」そう言ったのです。胸が締め付けられ、こんなお別れはもう見たくないと取材班4人全員が涙しました。

そんな悲しみが数えきれないくらい存在していたのがあの震災でした。それから毎年現地を訪ねて気になっていることがあります。

それは、現在東北の小学校に通っている児童は誰も津波の恐怖を知らないということ。今の小学6年生は、東日本大震災が起きた時にはまだ3歳だったからです。

今回、病室で3月11日の報道・情報番組を見比べて「津波の映像が少ない」という印象を受けました。当然だと思います。特に東北の方に配慮して、地上波の番組では津波の映像は必要以上に流さない番組が多いのです。

しかし、もう9年がたっています。この状態で、次の世代の子どもたちに津波の〝怖さ〟をどう伝えようというのでしょうか？

こうした課題の一つの答えとして、去年、気仙沼に津波の被害を受けた向洋《こうよう》高校を利用した「気仙沼市 東日本大震災遺構・伝承館」が、陸前高田《りくぜんたかた》にも同様の津波伝承館「いわてTSUNAMIメモリアル」がオープンしました。テレビで紹介できないような激しい津波映像と共に、その〝恐怖〟を体験する施設です。

東日本大震災は、発災9年を迎え「震災ショックから被災者を守る」から「そのショックをどうそのまま伝えるか」にフェーズが移っているのです。

昨年秋に北千住の中学校で全校生徒向けに震災授業を行いましたが、学校の許可を得て、テレビでは放送できない怖い津波映像を体育館で上映し「中学生は避難所で何ができるか?」をテーマに話をしました。

後日、生徒の皆さんから頂いた感想文には、

「津波を初めて見ました」

「津波があんなに怖いものだと知りませんでした」

ほとんどの生徒が津波の恐怖に衝撃を受けていました。トラウマにならないようにと、私たち大人はこの9年間いってみれば「津波隠し」をしてきたのです。その代わり、絵本で、写真で、物語で、津波の話を伝えてきましたが効果には限りがあります。

2021年は震災10年です。

首都直下地震は今後30年で70%の確率で起きると言われ、南海トラフ地震も、根室沖の巨大地震も今後30年で70%から80%の確率で発生すると言われています。今の小

学生が30代〜40代、働き盛りの時には間違いなく大震災を経験すると考えた方がいいのです。

私は10年という節目の年を「津波の恐怖を映像で伝える教育元年」にしたらどうかと、思っています。いくら言葉を尽くしても、あの日の怖さを、津波後の光景を子どもたちに伝えるのは難しいのです。

私はこれまでの講演会で、どんなテーマであっても、最後の20分は津波の話をしてきました。伝えることがあの悲惨な光景の中に身を置いた自分の使命だと思っているからです。

もはや、どこで大地震が起きるかわかりません。災害で多くの命が失われるのはもう耐えられないのです。

第3章

「辛い!」を乗り越えるためのヒント

秘訣

「がん」そして「長期入院」。なってみて初めて知ること、改めて感じることばかりでした。この章では、がんサバイバーとなった私からちょっとした経験談を提供し、今、まさに治療中の方や、ご家族ががんの方、これからがんになるであろう確率2分の1の皆さんの助けになればと思い書きました。

また病気以外でも皆さんが困難に直面した時、どう乗り越えてゆくか？　その気持ちの持って行き方の参考に少しでもなれば幸いです。

病室での上手な過ごし方

長い入院生活を送るとなると、誰もが「楽しくとまではいかなくても、心穏やかに過ごしたい」と考えるはずです。

私もそうです。抗がん剤投与を6回行うので、入院は短くても4か月。その期間をどう乗り越えるかは大問題でした。

実際に過ごしてみて思ったことは、病室はいつも春の陽気で快適、でも一番の問題は、「時の移ろいが感じられない」ということでした。外の散歩も許されていなかったので、毎日同じ風景の中で過ごしていると、自分の世界が止まっているように感じてしまいがちです。ここに気持ちがはまってしまうと辛《つら》くなります。

そこで、決めたのは、「病室にいても、年中行事はしっかりやろう！」。

私が入院したのは12月19日、そこからイベントを確認すると、クリスマス、大晦《おおみそ》日《か》、お正月、長男の誕生日、節分、バレンタインデー、次男の誕生日、ひな祭り、ホワイトデー、私の誕生日。桜のお花見……。4月末日まで実にたくさんの行事があるのです。

これを「ちゃんとやる」。そう、かなり早い段階で決めました。

■ブログ　12月31日　入院13日目
病室で紅白歌合戦をみていたら、やっぱり私も日本人なんですね。無性に「年越しそば」が食べたくなって、作っちゃいました。カップめんの天ぷらそば（もちろん大！）。

たまりません(^^♪


今年は、本当に、自分の人生にとって最大の危機が訪れた年でした。いろんなことを考えさせられました。絶望的な時間を過ごす中でも、どこかに楽しみを見つけようと努力してきました。

来年は、このどん底から、はい上がる年にしなくてはいけません。
「がん」としっかり向き合って、克服して、必ずや「復活」の年にしたいと思います。
良い年にしますよ。みなさんも、良いお年をお迎えくださいね。

■ブログ　2020年1月1日　入院14日目
あけましておめでとうございます。
体調良くほっと一息、新年を迎えています。
嬉《うれ》しかったのは、病院の朝食が「おせち料理」だったことです。

元日は病院だって「おせち」です！

黒豆・紅白かまぼこ・かずのこ・海老・紅白なます。素敵でしょう？
お品書きまでついていて、栄養士さんの細かな心遣いに感謝です。
「今年の年末年始はどうなのかな？」と、入院当初は心配していましたが、家族のおかげと自分の企画力（！）で予想以上の正月気分を味わうことができました。1番の正月気分は、今年も子どもたちに直接「お年玉」を渡すことができたことです。まさか病室でもらえるとは思ってもいなかったようで、喜ぶ子どもたちの顔を見てると自分が大変な病気を患っていることも忘れてしまいそうでした。

元旦は毎年、子どもたちを叩き起こして、自宅近くの㊙スポットで「初日の出」を拝むのが恒例でした。今年は、初日の出は拝めないとあきらめていたら…1枚の写真がＬＩＮＥに送られてきたんです。いつもの場所からの今年の初日の出が！　子どもたちが、私の代わりに早起きして初日の出を見に行ってくれたのです。なんか、嬉しくて。

さあ、今年前半は、ほんとに頑張らないと。必ず、克服して、テレビの世界にもどります！

病院での生活は、たいくつな非日常です。ですから、なるべくいつも以上に日本人らしく「定番

2020年1月1日早朝

おせち（左）のミニ重箱がかわいいんです

通り」に暮らすのです。

174ページの写真をもう一度見てください。鏡《かが》餅《みもち》や門松は入院前に私が100円均一ショップで買ってきたもの。さらに、祝箸《いわいばし》「信輔」と下に敷く赤いランチョンマットは妻からの差し入れです。これで、病院のベッドテーブルが一気に正月気分になります。

このおしるこはレトルト、妻はミニおせちも作ってくれて大満足（写真上）。

家族が協力して、年中行事をしっかり行う。これは、笠井家の通常の過ごし方でもあるのです。

正月にこだわることができたら、後はこっちのものです。協力してくれたのは家族だけではありません。


「節分」――友人の水戸川真由美《みとがわまゆみ》さんが送ってきた鬼のコスプレと金棒。要は病室で着るか着ないか？　です。同じ阿呆《あほ》なら……着ますよね。この本の表紙も撮影してくれた友人でカメラマンの石川正勝《まさかつ》さんを呼んで、豆まきもしました。「がんは～外

〜！」と。もちろん恵方巻も買ってきてもらいました。

「バレンタインデー」――ブログやインスタグラムをやっていると、こんなこともやろうと決断できます。「くれ」とアピールしているよう？

「次男の誕生日」――自宅でのパーティーの様子が動画で送られてきたので、一緒に歌をうたって一緒にその場にいる気分に浸りました。

「ひなまつり」――妻が菱餅《ひし》やひなあられを買ってきてくれました。

「お花見」――福島県南相馬《みなみそうま》の農家の仲間たちからの寄せ書きの桜。特別な桜でうれしかったなあ。これでお花見も実現。


こうして、友だちの力も得ながら年中行事を病室の中で実現してゆきました。

大事なのは、治そう、前に進もうというあきらめない心。そして、免疫力を高めるために笑うこと、笑顔でいること。院内生活も明るいものにしたいではありませんか。

年中行事をしっかりやろうとすると、前もっていろいろ準備のことを考えたり、友人や家族に頼みごとをしたり、やることができていいと思います。

さらに、インスタグラムやブログをやっていると、写真も投稿できるので、四季折々の定番の行動を周囲の人に報告できます。すぐにコメントは沢山集まらないかも

節分。病室で静かに豆まきできました（笑）

カラーで見てほしい、バレンタイン

次男の誕生日。親はいくつになってもうれしいものです

お花見。すてきでしょ

ひなまつり。Tシャツが注目されました（笑）

しれませんが、思わぬ人から連絡が来たりして入院生活の張り合いになりますよ。

ＳＮＳで発信していると、なんといっても、家族や親戚、友人が安心してくれます。「こんなくだらないこと一生懸命やれる余裕があるんなら、大丈夫！」とね。

患者も医療チームの一員として参加しよう

■ブログ　12月26日　入院8日目

今朝、体重を量ったらかなり重くなっていました。「やった！」。

ところが、これが、ぬか喜び。看護師さんの話では、「24時間×3日間、点滴を続けているために水が体に溜《た》まりすぎている」ということでした。

実は皆さんのメッセージの中に、「体に水がたまってしまい手足がむくんで大変な苦痛を味わったので気をつけて」というアドバイスがあったので、看護師さんと先生に相談して「利尿剤」をさっそく点滴に入れてもらうことにしました。

じつは自分の中で、これだけはしっかりやっていこうという決め事がありました。自分の体のことは、自分が1番わかっているので担当の先生や看護師さんに薬の量のことなど積極的に進言し相談しようと

「まだ痛い！痛み止め増やしてください」

そうすると話し合いになって、それじゃこうしましょうと答えを出してくれました。

「おまかせします。よろしくお願いします」で、受け身の患者になって黙々と治療をうけているのは良くないと私は考えたのです。病棟のみなさんとディスカッションしながら、出来るだけ自分の症状を毎日細かく伝え、薬の量や飲む時間を話し合って決めてゆきました。

そのかいあって、痛みのコントロールは予想以上の効果を発揮

腰痛はすべては取れませんが、痛みからかなり解放されました

とても感謝しています。

このブログには同じがん患者の皆さんから共感の声が寄せられました。

僕も癌を患い今は寛解しましたが、入院中はやはり大変でした。

笠井さんの言う通り　なんでも言うことを聞く患者にはならない方が良いと思います。

患者は　わがままで良いです。いくら優秀なドクターでも　自分が癌を経験したわけではなく

本当の患者の辛さは分かっていません。患者の話に耳を傾けるドクターが本当の優秀なドクターだと思います。

（とーちゃん）

中にはこんな体験を寄せてくださる闘病中の方も……。

はじめまして。

私も治療中のがん患者です。

笠井さんのブログを拝見して同感だと思いコメントしました。

いま私は抗がん剤治療をお休みしています。診療所の主治医との意見の相違で治療がストップしてしまいました。

私は毎週の抗がん剤の積み重ねで体重が12％減少し下痢と食欲不振で体力も落ちてしまったので抗がん剤治療よりも今の現状を改善すべく主治医に伝えましたが、伝えても聞き流す程度で聞き入れてもらえずここまで来てしまいました。

笠井さんのように私もディスカッションしながら治療をしたいです！来年まで治療について話しをするのですが、笠井さんのブログを読んで改めて主治医にちゃんと自分の思いを伝える勇気が出ました！

ありがとうございました！

笠井さんも辛いかもしれませんがお互い治療頑張りましょう。


（陰日向）

「はい！　がんばりましょう」と返事をして差し上げたくなりました。その後の治療が納得の行くものになっていると良いのですが……。

私も、入院前は「主治医の先生を信頼しお任せしますので、よろしくお願いします」という気持ちでした。専門的なことはあまりわからないからです。しかし、コメントにもあるように、先生や看護師さんとコミュニケーションを取る時間はあります。私の主治医の先生はとても忙しく、外来で患者さんを診ているか、学校で授業をしているか、病棟でも見かけるといつも研修医の指導をしています。いったいいつ自宅に帰っているのだろうと思うほど医療と向き合っている先生です。患者として尊敬できる方。そして週に1回病室に様子を見に来てくださいました。

Ｎｏ．２の先生は毎朝必ず顔を出してくださるので、前日と夜の体調を報告します。ただ、超がつくほど物静かな先生で、こちらから何か質問しないとめったに声を発しません。病室に入る時、唯一無言で入ってくるので、朝目覚めたらベッドわきに立っていたことが何回かあって「お化け！」と思って心臓がとまるほど驚きました（ゴメンナサイ）。

Ｎｏ．３の先生は日々私と向き合ってくださる先生で、若く明るくなんでも話せるオープンな女性の先生です。注射を打つのがとてもうまいのですが、いつも、ぶつぶつしゃべりながら、「あれ、これじゃなかったかな？」「あ、そうそう、これこれ」とか言いながら処置をしてくれます。ただ、ちょっとおっちょこちょいな雰囲気で、私は「病棟のサザエさん」と呼んでいました。先生のおかげで楽しく過ごせました。

この先生が、なんでも私の体調に関して要望を聞いてくれたのです。私がどうしたいか？　どうありたいか？　を常に意識してくださっていて、そのおかげで、私は治療の方針ですとか、薬の量など、いろんな点でディスカッションができました。

そして次第に、「自分も悪性リンパ腫の治療を行う担当医の1人だ」と自覚を持つようになったのです。これって、とても良いことだったと思います。

この話には、薬剤師、栄養士、看護師といったプロの皆さんからもこんなコメントをいただきました。

まずは薬剤師の方です。

私は薬剤師として、病院でも勤務をしております。

笠井さんもご存じかもしれませんが、薬剤師の業界は、いま、対人業務へのシフトをしている最中です。

つい先日までは薬をお渡ししておしまい、だったのですが、患者さんが薬を安心・安全に使用していただけるよう、服薬後のフォローをするよう、法律がかわりました。

入院中に薬剤師がちょくちょく病室に来ると思いますが、笠井さんが抗がん剤治療をされていて、少しでも気になること、不安なことがあれば、ささいなことでもなんでもいいので薬剤師に相談してください。

一応、薬のプロなんで、病態のこともわかってます。

薬剤師にたくさん頼っていただき、笠井さんにとって、よりよい薬物療法ができることを祈ってます。


（大渕絢子）


管理栄養士の方。

自分の意思を伝えること、大切です。申し訳ないなんて思わないでください。私は管理栄養士として働いています。食べたいもの？　あったら仰《おつしや》ってください。ダメ元でも伝えてみてください。そこにいる方はみんなプロです。色んな意見や考え、違う方法を見つけ出してくれます。ひとりではありません。誰もが「生きる」お手伝いをしたいと思っている人です。お気に入りの看護師さんを見つけてたくさん笑ってください。お掃除のおばちゃんと仲良くなってみると新しい情報をいち早く教えてくれるかもしれません♫献立が知りたくなったら、献立表を栄養士さんからもらってください。美味しかったらレシピも教えてくれると思います。人がたくさんいる場所です。いつか本にして人とのつながりのことを書いてください。

(yuka)

そして看護師の方からです。

私は緩和病棟で働いている看護師です。緩和病棟というと治療を終えて最後を穏やかに過ごす場所と思われると思います。私もここで働くまでそう思っていました。でも緩和とは癌治療が始まった時から始まっているんです。笠井さんが排泄《はいせつ》の時に悩まれる痛みを取るのも緩和治療の1つです。痛みだけでなく治療に伴うキツさや苦しさ、不安や苦しみから少しでも楽になるために行うことが緩和治療の1つなんです。

看護師の一人として言わせてください。

無理はしないでくださいね。

看護師としては弱みを見せてもらっていいです。むしろ見せてください。

治療は辛く大変なものなんです。テレビの世界にいたから、人前で出る仕事をしてたからと身構えないでください。

辛い気持ちを溜め込んでもいいことはありません。

何か1つでも笠井さんの辛い気持ちを取り除くことができたら嬉しいです。

甘えていいんです。

弱い自分も出してくださいね。

いつでもポジティブにはなれません。

ネガティブな笠井さんがいてもいいんですよ。

笠井さんはひとりではないです。

奥様やお子さんはもちろんですが、沢山の仲間がいます。

全国のがんと闘う仲間や、それを支えている家族、治療に関わる医療者、全国のファンがいますよ。


（上猫彬也）

医療チームのありとあらゆるスタッフが、患者さんに「気持ちを教えてください」「対話をしましょう」「甘えてください」「弱音を吐いてください」と言っています。

患者が我慢する、耐えることを是とするのは昭和時代の考え方なのです。

しかし、がん患者や付き添いの方は、私も含めて昭和世代の人たちが多い。医療現場の大転換に自分の気持ちが追いついていないのが現状です。「こんなことでいろいろ頼んだら看護師さんに迷惑がかかる」と思ってしまいます。しかしそれでは、今は良い医療体制は組めません。

私も、まさか自分で薬剤師さんに薬のリクエストができるとは思いませんでした。「食事は薬」「食べることは闘いだ」をスローガンにしていた私は、栄養士の方との打ち合わせも重要でした。食欲が完全になくなる抗がん剤投与中と投与後に、「麺《めん》なら食べやすいのですが」と頼み、「どれくらいの頻度でどれくらいの量を食べるのか?」を相談。無理せず量を半分の「ハーフ食」にして、その分、フルーツやゼリーをつけカロリーを増やし毎食の完食を目指しました。

患者はいわゆる「まぐろ」ではいけません。「まな板の上の鯉」も潔いようですが、最適な入院生活は送れません。自分で自分の希望を、意思を表明し伝える。患者にも付き添いの方にもそれが求められています。

これは私が入院中にとても強く感じたことで、とても重要な患者側の姿勢だと思うのです。

こうした状況に対応する準備がすすんでいるのでしょう。看護師さんは治療、薬剤、副作用、痛みの緩和対処法など、ほんとに、いろんなことを知っています。先生に相談しなくても、看護師さんだけで解決したことが山のようにありました。本当にありがたかったです。

闘病（病と闘う）なんて概念はもう古いのかもしれません。辛《つら》いことはあります。でも、できる限り痛みやストレスの少ない入院ライフを送りたいですよね。そのために積極的な意思表示、コミュニケーションが必要なのです。

看護師さんたちと仲良くなるコツ

入院期間中、私たち患者の一番の味方になってくださるのは間違いなく看護師の皆さんです。

私の入院した病棟の看護師さんは、皆さん素晴らしかったです。とにかく優しかった。沢山の患者を見なければならないので、どこか事務的な部分もあるのかなと思っていたのですが、それは間違いでした。驚いたのは、食事を運んで来てくれて部屋から出る際に、

「ごゆっくりお食事くださいね」

と、笑顔で一言声をかけてくださること。まるでホテルに宿泊しているかのような気分になるのです。

「今日は、検査も何もないですから、自由に過ごしてくださいね」

正直、毎日自由に過ごしているのですが、確かに注射のない日はうれしいので、こうしたなにげない一言は本当に心に響きました。

入院した経験のある方ならおわかりだと思いますが、毎日顔を合わす看護師さんたちとどれだけ親しくなれるのかが、快適な入院ライフを送る近道です。

その一番の近道は、看護師さんの名前をとにかくいち早く覚えることです。

病院内の働き方改革で、看護師さんたちはこれまでより短い時間で交代します。たくさんの方が面倒を見てくれるからと言って、いつまでも「すみません」とか「看護師さん」と呼んでいるのでは、精神的な距離は縮まりません。

アナウンサーとして強く感じてきたことですが、取材現場で相手の名前をいち早く覚えて「○○さん」と呼びかけるようになると、インタビューがし易く、深い話が聞けるようになりました。

ですから、例の「りんちゃん日誌」の最終ページを医療スタッフ名簿にして、私の担当になった人が訪ねてくる度に、「初めてですよね?」と言って名前を書いていていました。

最初のころは来るたびに名前を確認して、とにかく名前を覚えました。

ノートには、先生4人、看護師22人、研修医7人、リハビリの先生3人、薬剤師2人、栄養士1人、お掃除の方1人、計40人の名前がごちゃごちゃ書いてあり、名前を覚えるとピンクの蛍光ペンで丸を付けました。

覚えると、「○○さん」と積極的に名前を呼ぶようにしていました。

あとで、聞いたことなのですが、私が看護師さんの皆さんの名前を覚えていることに看護師さんたちは驚いていたそうです。

個人として名前を言い合うようになると、寝ていても声で名前がわかるようになり、

「見ないのによくわかりましたね」

と、皆さん、うれしそうにするのです。

こうなってくると、気軽に相談できます。「看護師さん」という一つの職業ではなく、22人個人個人の個性が見えてきます。

ひたすら優しい人。オープンで楽しい人、寄り添うのがうまい人、厳しい人などなど。私は、一時お風呂が怖くて入っていない時期があったのですが、一番厳しい看護師さんに「不潔なのではいってくださいね」と、ぴしっと愛ある鞭《むち》をいただきました。

それで入るようになりました。

気の置けない看護師さんとはお互いの家族の話をし、笑い合いました。

これは付き添いの方にも言えることで、看護師さんの名前を覚えると会話がし易くいろいろ頼みやすくなるのです。

ですから、病室に家族がいる時は「○○さん、次男です」「看護師の○○さんだよ」と必ず私が間に入ってお互いを紹介しました。

アメリカ映画でよく出てくるシーンなのでまねているんです。こうすることによって、付き添いの家族もより看護師さんと近い立場に立てていろんなことがスムーズに進むようになります。

相手の顔と名前を覚えることは、円滑なコミュニケーションの基本なのです。

食べることは闘いだ！

■ブログ　12月28日　入院10日目
昨日は朝からなぜか食欲が出てきていて、朝食・昼食と完食することができました。食べることは今、私にとって〝闘い〟なんです。

抗がん剤は今は、がん細胞と戦ってくれています。その分、私はいつもの自分の細胞に栄養を与えてあげなきゃいけない！　それが自分の義務だと思ってます。

ただ食欲不振でなかなか食べられません。

しかし一方で、先生方の薬の調合のおかげで「吐き気」がほとんどなく5日間を乗り切りました。

「吐き気がないなら食べなきゃダメだ！」

そう自分に言い聞かせてここまで完食を続けてきました。

これからも食事とは闘い続けていきますよ。


抗がん剤を打つと、とにかく食欲がなくなります。お腹が張ってくるといえばいいでしょうか？　お腹がすかなくなるのです。１日食べなくても大丈夫な感じ。朝食・正午、昼食・18時、夕食・深夜１時なんて日もありました。

「食事さげましょうか？」

最初のころは、看護師さんはもう食べないと思って声をかけてくれるのですが、

「いいえ、絶対に食べますから、置いておいてください」

と、言い続けていたので、そのうちわかってくださるようになりました。笠井さんは絶対に食べると決めている、と。

「食事は薬だと思って食べています」と抗がん剤打ち始めのころブログに書きましたが、そんな生易しいものではないことがわかってきました。

食べたくないのに、食べなくてはいけない。しかも倦怠感《けんたい》がひどく、起きて何かするのもおっくうになっている時期です。前の食事を食べていないのに、次の食事が運ばれて来るときの何とも言えない敗北感は、病気になった人にしかわからないと思います。

「食べることは闘いだ！」

いつのまにか自分のスローガンのように口にするようになりました。

実は、寄せられたコメントに「食べることは闘いですね」というものがあり、非常に心に響いたので、それを拝借してスローガンのように掲げました。

病室で看護師さんが一番ほめてくださるのも「完食」です。

「よく食べましたね」

「エライ！」

「素晴らしい！」

牛乳嫌いの小学生が、先生にほめられたい一心で給食の時間に一生懸命ミルクを飲む。あれと同じです。

食べたくないけど食べる。何もしたくないけど食べる。体重を減らすな。朝昼晩の3本勝負、勝つか負けるか！　看護師さんの笑顔を見るのだ！

でも「食べるのがしんどい」。

看護師さんに打ち明けると、栄養士さんを連れてきてくださいました。

朝はパン食。昼は通常の食事。夜はうどん。

これが毎日の笠井式のメニューです。これだと飽きずに食べられました。しかも、私の入院していた病院は食事がおいしかったのです。それでも、夜の食事が一番きついので、つるっと流し込むうどんはホント最適でした。

うどんが飽きた日には「カップ麺」や「カップ焼きそば」をコンビニから買ってきて代わりに食べました。

「インスタント食品で、すすむなんて……！」

看護師さんは、こんなお母さんみたいなことは言いません。抗がん剤中は、なんでも食べればほめてくれました。それがうれしかった。

「入院患者は受け身ではいけないな」と感じたことの一つがこの食事の改善でした。調子が良かったら朝食のパンを2枚にしてもらったり、白米の量を増やしてもらったり、ずいぶん注文をつけさせてもらいました。栄養士のみなさん、ありがとうございました。

「眉なし男」と「つるぴかハゲ丸くん」

1月7日、入院20日目、枕を見てハッとしました。脱毛がついに始まったのです。これはもう覚悟していましたし、別にショックではありません。ただ、来たな~という感じ。

さっそく、用意していた「使い捨て医療用ヘアキャップ」をかぶっての生活になりました。10枚入って1000円。枕周りの掃除も楽になりましたし、これは便利で助かりました。茶色の使い捨てヘアキャップは恵比寿《えびす》さまみたいで似合うと評判でした。

髪の毛は日に日に抜けていきました。皆さんのコメントにあったように、特にお風呂では頭を洗った後にドバっと抜けるので、少々焦りました。事前に髪の毛をショートに切っておいて良かったとつくづく。ただ、女性が脱毛で涙してしまうというのはわかる気がしました。

ここで、一つの決断に迫られます。

このまますべて抜けるのを待つか？　それとも、一気に剃《そ》ってしまうか？

考えた末1月26日、入院39日目に電気バリカンで頭を丸めました。生まれて初めてのことで、なんだか変な高揚感がありました。

新しい自分との出会い。がんにならなければ絶対に見られない貴重な風貌《ふうぼう》です。これはこれで楽しまなければと思いました。

しかし、インスタグラムやブログでこの姿を公開するのか？　ここは少々悩みました。話題にはなります。しかし、だからといってそれが何になるのか？　結局、入院中は非公開に。そこまで勇気はありませんでした。

でも寛解したら……。

そんな気持ちでいましたので、この本で写真を掲載させていただきます。ちょっと恥ずかしいのですが、これらはまぎれもなくがんと真剣に向き合った私の本当の姿ですから。

衝撃は1月9日からわずか4日で一気に髪が抜け落ちている現実。

見舞いに来た人たちに特別にご披露すると、みんな「頭の形がいい」とほめてくれました。素直にうれしかったです。

でも、考えてみれば見舞いに来て「なんか変」なんて言う人はいないですよね。

実は、問題は頭髪ではなく「眉《まゆ》」なのです。眉が抜け始めたのはそろそろ退院という4月中旬、ちょうど退院の4月30日（入院134日目）に眉はほとんどなくなりました。眉がなくなると、ほんと人相が悪くなって。どこかの〝組〟の人のよう（笑）。あまりにも悲惨なので、「眉毛メイク」に挑戦しました。女性の皆さんにとっては日常茶飯事かもしれませんが、眉を描くなんて男性にとってはかつてない体験です。ゆえに、ちょっとお絵描き気分で楽しんでしまいました。

まずは評判がよく、高くないアイブロウ・ペンシルをネットで購入。

書き足すのではありません。一から眉を描く。これは「化粧」というよりもはや「デッサン」。自画像を描くのと一緒。ですから、眉が立派だったころの写真を見ながら顔に描いてゆきました。

左右の眉を同じように描く……。長さは？　山の高さは？　これがなかなか難しい。鏡を見ながら描くのだからなおさらです。でも、下手でもやったほうがいいと思います。楽しめたらこっちのものですから。

ただ、皮肉なもので、眉を描くのがうまくなってきたころ、1か月くらいで眉毛復活！　6月20日の写真はもう眉メイクはしていません。

髪が抜けたあと、ちょっと考えました。このスキンヘッドで、すべてを公開せずに何かできないかな？と。

1月9日

1月13日

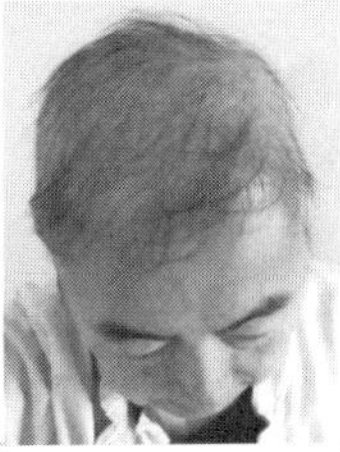
1月14日

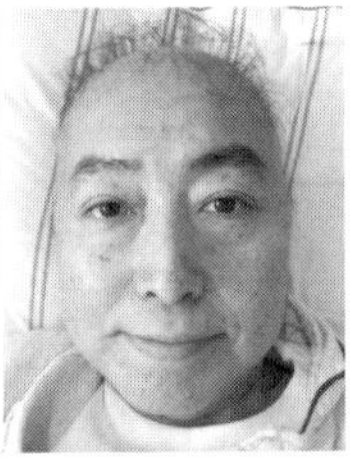
1月25日

電気バリカン

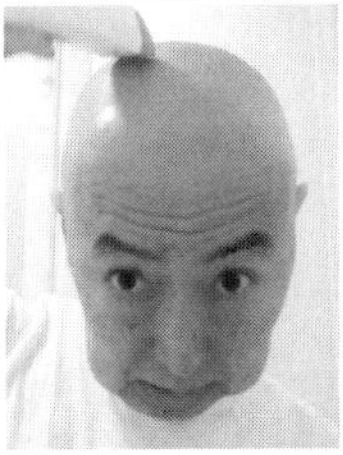
1月26日

2月3日

3月9日

5月8日

退院

6月20日

8月9日

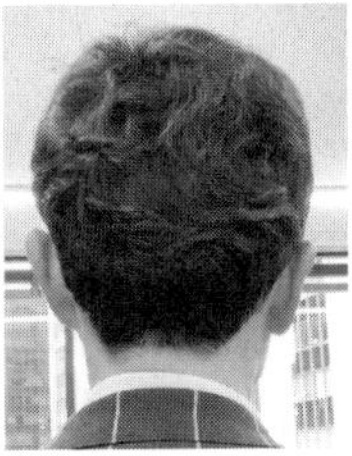
10月8日

そこで生まれたのがインスタグラムの企画「つるぴかハゲ丸くんの冒険」なのです。

■インスタグラム　1月28日　入院41日目
つるぴかハゲ丸くんの冒険
思い切って　ネイキッドヘッドのままコンビニへ
外に出てないのに
頭さむっ！
コンビニでは飲料ショーケースの前に立つと
頭冷えっ！
やっぱり　帽子は必要ですね

■インスタグラム　1月29日　入院42日目
つるぴかハゲ丸君の冒険②
外泊も今日でおしまい。病院にもどる途中…
まーお天気いいですね。気持ちがとても良い。外っていい
ですね

まだ3カ月は入院なので深呼吸をたくさんしました

■インスタグラム　2月1日　入院45日目
つるぴかハゲ丸君の冒険③
快晴、雲1つない天気ってこういうことというんですね
いいなー。外行きたいなー。
今、弁護士になっている後輩の菊間千乃ちゃんに聞いたのですが、生中継中に大けがをして長期入院をしてる時「雨になれ雨になれ」と思って
実際、雨になると気持ちが晴れたそうな
そこまでは思わないけど、わかるなぁその気持ち

おそらく、がんで入院中に、こんなことやっている人はいないと思います。でも、突然スキンヘッドになった自分を悲しむよりは楽しんだ方がいいと思ったのです。「つるピカハゲ丸」は30年ほど前、コロコロコミックに連載されていた漫画から拝借しました。フォロワーの皆さんの評判もそれなりに良かったものですから、私も構図

を楽しく考えたりしていました。

しかし、やがて妻が「ふざけているみたいなのはいかがなものか……」と忠告してきたのでこの企画は3回で幕を閉じることとなりました。たしかにだんだんつるぴか頭の面積が大きくなっています。調子に乗ってきている証拠なのです。それが妻にはわかるのですね。

このままだと悪乗りしかねないと。

丸坊主になってから半年後の8月9日は御覧の通り、看護師さんたちに「伸びるのが速い」とほめられました。

「髪の毛はまた生えるから」

がんサバイバーの皆さんにも看護師さんにも何度も言われました。心配しましたが、ほんと心配して損しました。前よりも黒々と生えてきているようなのです。

差し入れは高級食品が一番

とにかく食べることにこだわり、入院中は最大7キロ減、なんとか5キロ減をキープしました。今振り返って、よく頑張ったと思います。それは私の努力のたまもの！　と言いたいのですが、やせすぎ防止成功のポイントがあるとすれば「差し入れ」でしょう。

お見舞いの友人知人に「何か食べたいものある？」と聞かれた場合は「なんでもいいですよ」などとは言わずに、「プリン」「焼肉」「うなぎ」「天丼」「牛丼」、そんな高級で高カロリーなリクエストを連発していました。

高級品でうまいものはだいたい高カロリーと相場が決まっているのです。こちらは病人ですので、遠慮することはありません。

「食べても大丈夫なの？」

皆、聞き返します。がん患者、しかも悪性リンパ腫なんてよくわからない病気なので厳しい食事制限があると思うようですが、さにあらず。

悪性リンパ腫は内臓がんとは違うようです。

私の場合、白血球値が下がりすぎると「食事制限」となり、お刺身、生野菜、ヨーグルト、果物など生鮮食品は摂取禁止となりました。しかし、それは抗がん剤投与後1週間ぐらいです。

それ以外は手術もしませんし、「ステージⅣ」でしたが基本的に食事制限はなし！

「食べたいものがあればなんでも食べていいですよ」とスタッフの皆さんそう言うのでその点は良かったです。

もし、差し入れのお弁当を食べてお腹がいっぱいになったら、病院食は食べなくてもOK！　とにかく「好きなものを食べられるものを食べてください」というのが病院側の方針で、それに助けられました。

ただ、食欲がなかなか出てこないので、困りました。そこで考えたのは、「自分の食欲のバイオリズム」をつかむこと。

抗がん剤治療をうけたあと1週間は食欲がないので、先方が「見舞いに来たい」と言っても「体調がすぐれない」と断り、食事制限期間を避けてその次の週に来てもらいました。

すると見舞客が集中してしまい、連日のように「プリン」「うなぎ」「焼肉」「天丼」と高カロリーの高級料理が続くのですが、大好きなので飽きることはありません。「牛丼」は息子たちに頼み、食通でお金持ち風の人には「うなぎ」と「焼肉」を注文しました。

すると、一つ5000円の焼肉弁当とか、1万円はする有名なうな重とか、差し入れに買ってきてくださるのです。こんなに奮発してくれるなんて、やっぱり重病だから心配してくれているんだなと思いました。生まれてからこんな高級なお弁当食べたことがありませんでした。どれも超うまいんです。幸せでした。

「笠井さん、こういうのを食べるのも最後かもしれない」

もしかしたらお見舞いの方は、そんな風に心の中で思って超高級うな重をほおばる私を見ていたのかもしれませんが、そうは、問屋が卸しませんよ！（笑）

■りんちゃん日誌　1月20日　入院33日目
叙々苑《じょじょえん》の焼肉弁当持ってきてくれたー！
3000円以上！
うめー！めちゃくちゃうまかった。
すっごい元気になった！

■りんちゃん日誌　1月24日　入院37日目
ものすごくおいしい　うなぎ弁当
めっちゃうまい。白焼きも
うれしー
夢の「2段うな重」、ごはんの間にもう一匹うなぎが！

ごはんの下にもう一匹うなぎが！

高級焼肉弁当デス

■りんちゃん日誌　1月25日　入院38日目
もらった「2段うな重」がまだ2つ残ってて昼と夜に完食。
すごいうまい！

いままでなかった高級弁当との出会い。病気になったからこそ体験できたこと。そう、これぞ「足し算の縁」（笑）。

感度の高い女性には「プリン」を頼むと、だいたい、「お取り寄せ！」といった感じの評判のプリンを買ってきてくれるのです。食欲がなくてもプリンは別でした。

一番仲の良かった軽部さんにもプリンを頼みました。センスの良い奥様が選んでくれたらハズレはありません。

しかし、病室で開けてビックリ、入っていたのは

「デカプリン」8個！

「軽部さん、さすがに1人で8個は無理ですよ。これ選んだの軽部さんですか？」

「そうだよ」

やっぱりね。これはこれでサプライズ。美味しく頂いたあと、家族が来たのでおすそ分けできました。

お見舞いとお見舞いの品は病気をしたからこその楽しみの一つ。少しぐらいのわがままは、言ったもの勝ちです。

お見舞いに面白Tシャツをおねだり

私のインスタグラムを見て面白がってくれた人の中に、日々変わる私のパジャマ代わりのTシャツが良いと言ってくれる人たちが沢山いました。

別にTシャツ好きでも、オシャレでもなく、すべては大晦日のこの1枚から始まったのです。

■インスタグラム　12月31日　入院13日目

入院2週間で1番困ったTシャツ

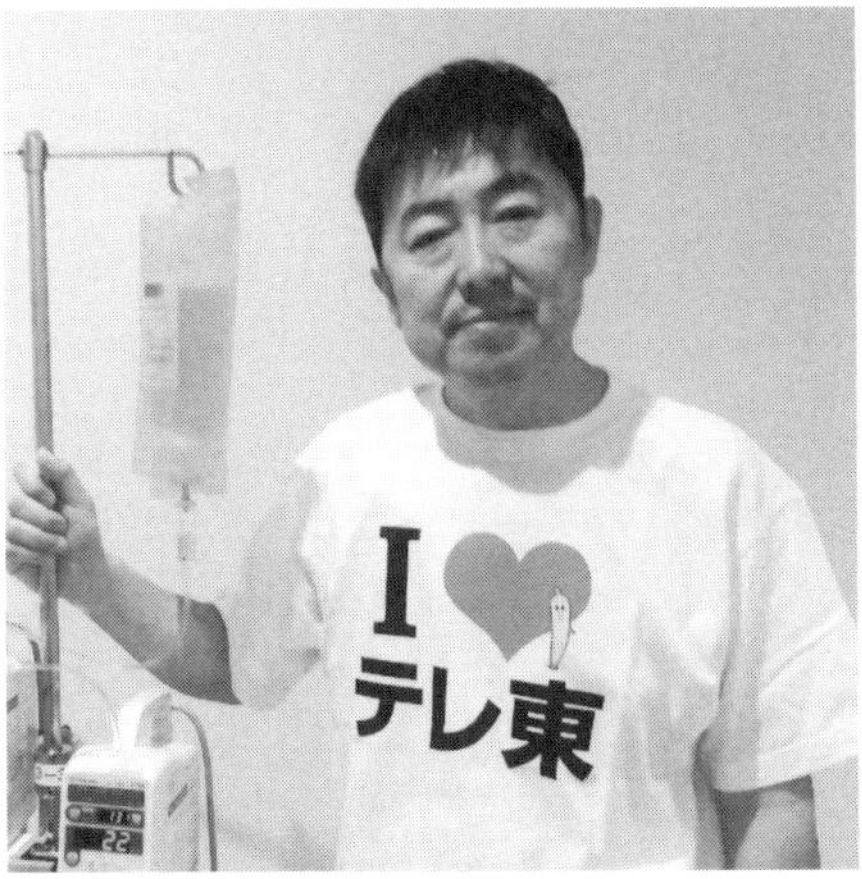

「お店で一番地味なTシャツを選んだのよ」と妻

これで病院内を歩いていたら
「笠井さん　なんでテレ東なんですか―!?」
と看護師さんに笑われてしまいました

妻が元アナウンサーで、今もテレビ東京勤務なので着替えとして持ってきてくれたんです
なんでも　六本木一丁目のテレ東のショップで妻が自腹で買ったとか
こんなの売ってるんだ(^-^;)　でもこれはちょっとインパクトありすぎですよね
「フリーになっといてよかったですね」とも看護師さんたちに言われましたが、そういう問題かなぁ

「テレ東Tシャツ」への反響はかなり高く、自分の職業は「アナウンサー」なのでは

なく、「フジテレビアナウンサー」という局アナだったのだなと強く感じたのでした。

この時寄せられたコメントに、「フリーになったのだから全局制覇しないといけませんね」というものがあり、私はピン！ときました。毎日ブログとインスタグラムを更新するのってほんと大変なのです。病室の中でもアンテナを張っていないとネタが尽きてしまいます。

そこで思ったのです。もし、おもしろTシャツを日々披露できたら楽しいだろうなと。やはりテレビマンなのでしょうね。毎日同じベッドの上で同じレンタルパジャマを着ていたら画変《えが》わりがしない。マイパジャマは毎日着続けていたら、「何日同じパジャマ着てるのか」と思われてしまいます。映像を考えた場合、Tシャツをメインにするというのは変化がついていいアイディアだと思いました。

それからは、「お見舞い何がいい？」と聞かれるたびに、「面白そうなTシャツ！」と答えていました。しかし季節は冬。なかなか手配するのは難しかったようです。みんなごめんね。

でも、やっぱり病人のお願いって、皆さん一生懸命聞いてくれるんです。郵送でも届きました。うれしいですよ。ワンサイズ大きいTシャツが過ごしやすく寝やすかったです。

2月10日

1月30日

1月10日

2月15日

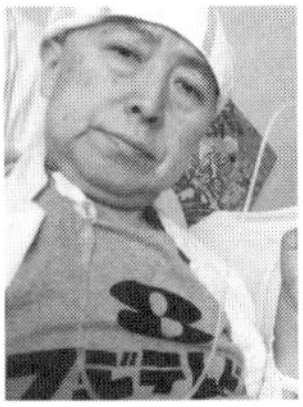

2月3日

2月18日

2月4日

1月22日

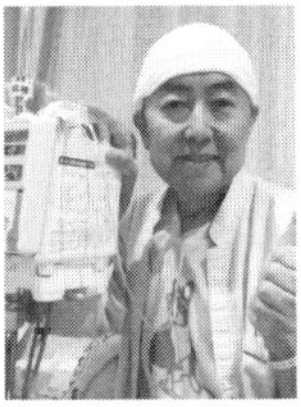

1月13日

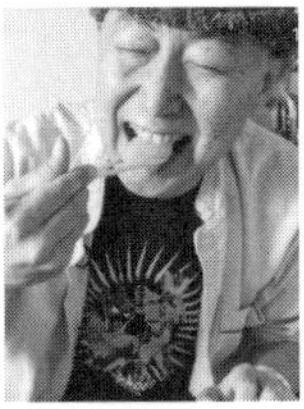

2月21日

2月6日

1月24日

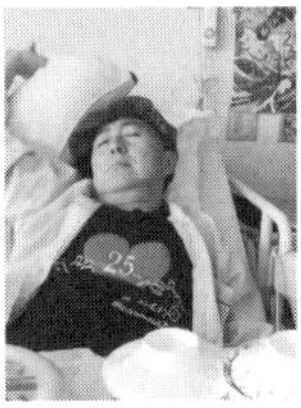

1月15日

2月23日

2月8日

1月25日

1月17日

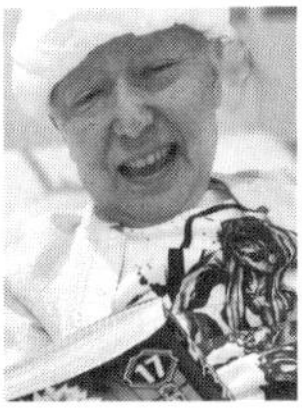

4月29日

3月21日

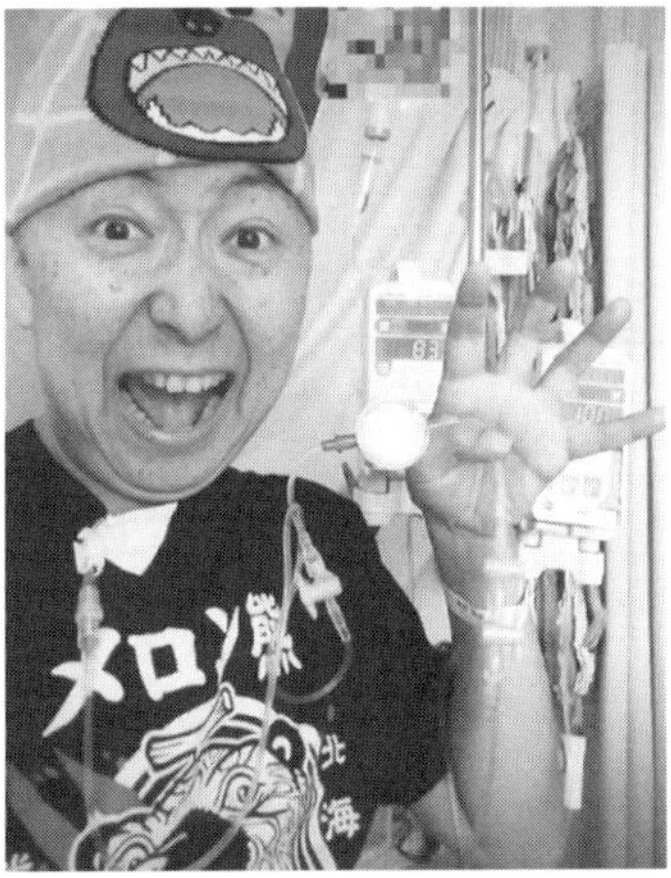

2月24日

5月13日

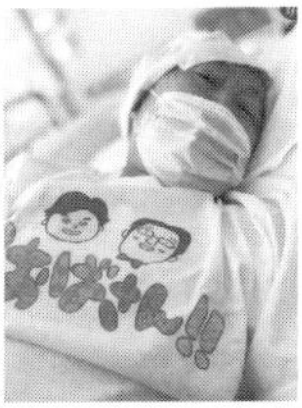

4月12日

5月25日

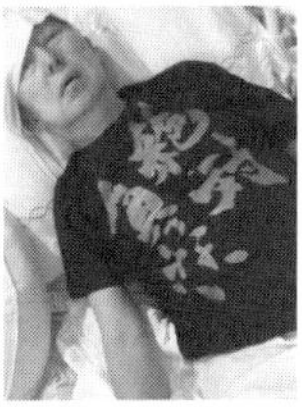

4月13日

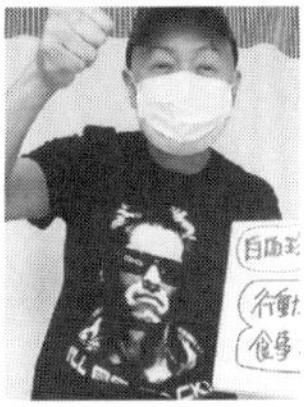

3月8日

2月27日

6月14日

4月19日

3月10日

2月29日

7月23日

4月26日

3月21日

3月3日

「なんでもいいよ」というのが相手は一番困ります。面白Tシャツは看護師さんや先生方との会話のきっかけにもなりました。着るたびに、くれた人の顔も思い出しますし、願ったり叶《かな》ったりです。

そして集まったTシャツ、一気にご紹介しました。日付順にインスタグラムに登場した33枚のTシャツです。

とにかく、知人友人からは次々とTシャツが送られてきたので、飽きることはありませんでした。

改めてずらっと見直すと、ほんとにこれがステージⅣの悪性リンパ腫で入院していた56歳の闘病の写真なのか？　と自分でも不思議になります。ただ、面白Tシャツを投稿するときは、元気な姿を見てもらおうとしていました。

面白Tシャツは今でもうちで着ています。

先日、「STAY　HOME」というTシャツを着て散歩に行こうとしたら、一緒に散歩をしている高校生の三男に「外に出るのにSTAY　HOMEはおかしいよ」と着替えさせられました。メッセージ性の強いTシャツはTPOを選びますね。

変化のない入院生活を彩ってくれたのがこれらの面白Tシャツでした。Tシャツたちと送ってくれたみなさんに感謝です。

保険に入っていますか？

■ブログ　12月26日　入院8日目
ヤバイです。朝から食欲がありません。

各保険会社に電話して保険の請求の仕方を教わったりして、そういうことやっていたから疲れたのかもしれません。


でも保険って本当に大事ですよ。

以前入っていた保険に、とっても重要ながんの保障が付いていたり、「フリーになるから」と今年春に入った安い保険に手厚いがん保障がついてたりして胸をなでおろしました。

2人に1人ががんになる時代ですものね。

無給状態のフリーアナにとっては死活問題です。

保険に関しては共感する人が多かったようです。沢山コメントいただきました。

保険の大切さ、わかります！

がんって、お金かかるよって聞いていましたが、

「公的保険があるのに、そんなにかかる？」

って思っていました。

でも、両親ががんになってみて思い知りました…

「薬価が、風邪薬と全然違う…」

と。

両親はがん保険やがん特約などの保険に入っていなかったため、本当に後悔しました。

（Ｓｈｉｎｏ）


正直言って、生命保険に関しては「社会人のたしなみ」ぐらいにしか考えていませんでした。しかし、12月にがんと確定した瞬間に「保険はどうなっていたのか？」と不安になってしまったのです。

我が家では保険ですとか税金ですとか、手続きが必要なものに関してはすべて私が

引き受けています。妻がどんな保険に入ればいいのかも私が決めてきました。

しかし、毎月の引き落としはあるというものの、どんな保険の中身だったのかあまり気にせずに生活していました。一つだけはっきりしていたのは、会社を辞めてフリーになるということで、がん発覚の7か月前に新たに掛け捨ての生命保険に一つ加入していたこと。それから何度も追加の勧誘があったので、さらに「がん特約」を「しょうがないなぁ」と追加でつけたしたことでした。

それに救われました。

契約してから3か月後に効力を発揮するので11月の最初の診断、12月のセカンドオピニオンはギリギリセーフだったのです。

特に、特約についていた「がんと診断されたら100万円」という保障がありがたかったです。

「がんになるかもしれない」という予感で保険に入るなんて離れ技はできません。むしろ、この時も「病気になるはずはないけど、万が一」という思いでの加入でした。「運がいい」と思いました。いや、がんになってしまって「運が悪い」のですが、その最悪の中で拾う神はいるのだ、と改めて胸をなでおろしたのです。

その他の二つは若いときに入っていたもので、一つは、子どもたちが大きくなった際に、保険料の支払いの負担が重く、保険の見直しをしたものでした。

入院してから、病室で保険会社に電話して、どんな保障がついているのか確認しました。

「……この保険は……お客様が亡くなった時のみ支払われるタイプのものでございます。大変申し訳ございません」

ちょっとショック。でも申し訳ないと思ったのはこちら。仕事とはいえ、がんで入院している患者に「あなたが死んだら保険金あげる」と告げるのはきつかったと思います。

そして三つめの保険。私は忘れていたのですが、「がん特約」がついていました。保険の見直しの際に、担当の方と話し合って残していたのです。わかった瞬間、本当に安堵《あんど》しました。その担当者に思わずお礼の電話をしたくらいです。

結局、保険金とお見舞い金を合わせて4か月半にわたる治療費、入院費を上回る額になりました。どの保険会社も支払いは1週間かからず、しかも、「請求漏れがありそうです」と追加の保険金支払いを促す通知までもらいました。

病気をして重要なことの一つは資金繰りなのです。収入はなくなる一方なのに治療費がかさむ。

患者さんに入院中のつらかったこと、ストレスを聞くと、身体的なつらさとともに、「治療費・入院費の心配」が大きなストレスになっているという調査結果を見たことがあります。

実は私も、「悪性リンパ腫で4か月も入院したらどれだけかかるのか？」とそれが大変な不安になっていました。

その不安とストレスが「保険」によって解消されたのです。病気と向き合うことに専念できるようになりました。

普段は「ダメおやじ」として家族から叱られてばかりの私ですが、がん保険に入っていたことを知ると、妻から「ありがとう。良かった」と感謝されました。あんなに丁寧にお礼をいわれるなんてなかなかないことです。

「夫・父親としての責任を果たせた」と胸を張れました。

繰り返しになりますが、がんは、日本人の2人に1人が罹患《りかん》するといわれています。

もし、当たる確率が50％の宝くじがあったらどうしますか？　買おうという人は多いと思います。私にとって、がん保険は「当選確率2分の1の宝くじ」のようなものでした。

この宝くじは当たってもうれしくないんですけど……うれしいのです。

味覚障害を乗り越えろ！

抗がん剤の副作用には様々なものがありますが、その中の重要な一つが「味覚障害」です。

私の場合、味覚障害が出始めたのは入院50日目、3回目の抗がん剤投与中でした。いつも食べているものの味が変わって感じられるようになって美味しくない。何を食べても甘く感じてしまう。そこで、辛いものが食べたくなるのです。

私が辛いものが苦手なのは第一章でも紹介しました。そんな私が、とにかく辛いものが食べたくなる。

うどんをやめて、カップ焼きそばにしてもパンチが足りない。塩をかけて食べたらちょうど良くなるといった具合。

さらに味覚障害で白米がこれまたまずい。味がしないのです。モコモコしたものを口に入れているだけといった感じ。「食べることは闘いだ！」とわかっているのですが、まったく箸が進まない。そんな時、ブログのコメントに「味付け海苔《のり》を海苔巻きのようにして食べるといいですよ」というアドバイスを見つけた瞬間、「これだ！」

と思って病院内のコンビニに走りました（←実際はゆっくり歩いている）。味付け海苔購入で食べられました。ほんとにフォロワーの皆さんに感謝です。

私なんて、まだいい方です。白米を食べると砂を口に入れているように感じる方もいるのです。「毎日、泥を食べているようです」なんて言う人も。ただでさえ食欲不振なのに、味覚障害は抗がん剤治療患者の前に大きく立ちはだかります。

しかも、さらなる大敵、口内炎が襲ってくるのです。

口の中にいくつもの口内炎ができて、あまりの痛さに食事がとれなくなってしまう人もいます。

そうならないように、歯磨き、口すすぎ、口の中を乾燥させないようにする。とにかく、唾液《だえき》が出やすい状況を作ることが重要なのです。

■ブログ　2月12日　入院56日目

困ったことが起きました。

味覚障害が始まって、先生に口の中を見てもらったところ

「苔《こけ》が生えてますすね」

「なにー！口の中に苔ですか」

その苔ではありません。鏡を見たら舌が真っ白。

「舌苔《ぜったい》」。抗がん剤の副作用だそうです。

同時に口の中が傷んできている感覚が生じ始めました。

口内炎が出来始めたんです。

とにかく刺激物を食べると口の中が痛い！


これ見て下さい（写真上）。

刺激を求めて買いそろえた調味料たち

私のベッドデスクの上は今、刺激を求めた調味料で賑《にぎ》やかなのですが、口内炎ができてまったく無用のものになりました。

実は昨日、好きなもの食べようとコンビニ行ったのですが、店内入って立ち止まってしまいました。

からいものが食べたいのか？　甘いもの食べたいのか？　なんだかわからなくなっ

てしまったんです。焦りました。

「そういう患者さん多いんですよ」

優しい看護師さんのお話に、やっと気持ちが和らぎました。とにかくこれ以上、口内炎が口の中に広がらないように口内衛生セットを買って、明日からあらたに口の掃除を始めます。(↑決意表明)

白血球の数値がとにかく低いため、口内炎も治りにくいのでね。

口の中のトラブルが始まると、食欲も落ちます。

口内炎ができたところで、口腔外科《こうくうげか》の先生に病室に来ていただきました。

「やることは一つです。とにかく唾液をたくさん出すこと。それが一番早く治る方法です。軟膏《なんこう》などつける必要はありません」

毎回の歯磨きも歯を磨くよりも、歯茎を刺激して唾液をたくさん出す磨き方をする方がよいと。そしてうがい薬などで口すすぎをして、口の中を乾燥させないようにマスクをする。

この指導に従っていたら、なんと4回目の抗がん剤投与からは口内炎はできなかったのです。入院中、私はマスクもするようになりましたが、コロナ対策とともに口内炎対策。寝るときも常にマスクをしているのはそういうわけなのです。これはがん治療をしない皆さんにも有効ですよ。

口内炎を防ぐことはできましたが、味覚障害にはその後も毎回悩まされました。効果的な対策は「食べたいものを食べる！」でしょうか。

ある日、無性に餃子《ギョーザ》が食べたくなったので、勤務中の妻に「デパ地下で美味しい餃子を買ってきて！」と、リクエストしました。

すると妻は、デパ地下を駆けずり回って、有名店の餃子を4種類も買ってきてくれたのです。病室で突然の「餃子祭り」です。これはもう、たまりません。しかし、私は「ハーフ食の男」。全部食べられないので、1種類ずつ味見をして一番美味しい餃子を選び、ご飯と一緒に食べることにしました。

「食べくらべ」なんて、ちょっとイベントチックで盛り上がってしまいました。さあ！　4種類の中でどれが一番美味しかったでしょうか？

その答えは……。お・な・じ。

同じ味なのです。味の違いがわからずに落胆する私。

「じゃあ、何の味がしたの？」

と妻に聞かれたので素直に答えました。

「醤油《しょうゆ》とラー油」

もう笑うしかないです。餃子の味がほとんどしない。抗がん剤の副作用で舌の感覚が麻痺《まひ》しているのですよね。すると妻が言いました。

「良かったじゃない。わざわざ私が作らなくても、これからは一番安い餃子買っても、大丈夫なんだから」

思わず笑ってしまいました。

楽しいリハビリ

■ブログ　3月6日　入院79日目

今日からリハビリが始まりました。

4回目の抗がん剤治療が終わり体調が良くなるにつれて、筋力の衰えが急速に進んでいることを強く感じていました。少し歩くだけでも足腰が定まらないのです。体がぐらぐらする。

入院生活も2か月を終えて、残りの2か月をこのまま過ごしたら、退院する時にはまともに歩けなくなるという危機感が募っていました。

簡単な筋力トレーニングをやり、そして階段での上り下りトレーニング。この2か月間、エレベーターしか使ったことがありませんでした。

「とくダネ！」時代は番組が終わると、スタジオのある3階から、アナウンス室のある15階まで、私は毎日12階分、階段を登っていました。ですから階段の上り下りは「大得意！」のはずだったんですが、2階分登っただけで息が切れてしまい、しかも、まともに階段が降りられないんです。

怖い…ころびそう。

「大変なことになっている」と体で実感することができました。

これからリハビリは毎日行うそうです。嬉しくなりました。

全部で20分ぐらいだったでしょうか？　みなさんからすれば、何でもないことですが、私にとっては久しぶりの「大運動会」

退院まで2か月あります。それまでに、筋力を復活させる。明日も頑張ります！


1か月ぐらい入院した方ならわかると思いますが、入院をすると、足腰が信じられないくらい弱く衰えます。

しかも、入院中は横になっていることが多いので、その衰えに気づかないのです。

そこで、折り返しの2か月目に、担当の先生に「リハビリしたい、リハビリしたい」と頼んでリハビリを始めることとなりました。

やってきたのはイケメンの若い先生です。女性でなくて良かったと思いました。体を柔らかくするために足の付け根とかいろいろ触るので、さすがに恥ずかしいですからね。

先生によると「リハビリをしたい」と自ら名乗り出ることはとても良いことだそうです。

急速に衰える患者さんは看護師さんから連絡がはいるのですが、私のようによくしゃべる患者は、実は筋力が衰えているのに元気そうにみえるから、始めるタイミングが難しいそうです。付き添いのご家族も、そのあたりリハビリを始めるタイミングをフォローしてあげると良いと思います。患者ってついつい遠慮してしまうことが多いので。

リハビリは実に地味で地道な訓練。皆さん「リハビリ大変でしょう」と言いますが、私はその逆でした。コロナで面会禁止になって家族もほとんど来られなくなった中で、リハビリの先生の訪問がうれしくて、なんで土日は来ないのかと不満が募るくらいリハビリの時間は楽しいものでした。平凡で単調な生活にメリハリがつくのです。

病室&階段で数週間リハビリを行うと、次はリハビリセンターに出向きます。いろんな器具やフィットネスバイクなどを使ってのリハビリはさらに楽しいものでした。

また、着実に筋力がついていくのがわかるのでモチベーションもあがりました。ただ、リハビリは足腰の筋力の回復が中心。しかし、私にはそれ以上の問題が発生していました。

抗がん剤の副作用で両手の指先がしびれて文字がうまく書けなくなっていたのです。ペットボトルは炭酸のものはあけられません。パソコンのキーボードを打つのも大変。薬の袋を開けたり、飴《あめ》玉の袋を開けることもほとんどできない。爪は、爪切りが使えず切れなくなりました。

先生に相談しました。

「それなら、作業療法士の先生に頼んで指のリハビリも始めましょうか?」

お恥ずかしいことに、この時初めて、指のリハビリは専門の先生が別にいることを知ったのです。

皆さんは「理学療法士」と「作業療法士」、リハビリの先生には2種類あるのをご存じですか?　理学療法士の先生は、立ち上がる、起き上がる、歩くなど、基本となる動作を見てくださいます。作業療法士の先生は、食事をする、顔を洗う、料理をする、字を書くなど生活するうえで必要不可欠な動作のリハビリをみてくださるのです。

10日遅れで、女性と男性の先生による手・指・腕のリハビリも始まりました。

握力は右が18kg、左が19kg。なんという低さ！ 片手35kgはあったはずなのに。これは頑張らないといけません。

チェックをしたら、なんと洗濯ばさみも指で開くことができなくなっていました。抗がん剤恐るべしです。

指でタオルを手繰り寄せたり。沢山のねじを片手ではずしたり、はめたり、手指のリハビリはさらに地味！ でも、こちらもとても楽しかった。

その理由を考えました。

リハビリの先生は30分近く病室にいて、いろんな話をしながら訓練を行うので連帯感が生まれやすいのです。またリハビリは治療と違って、ある意味、自分の努力の発表の場、リハビリの先生方はその見届け人としてどこか仲間に近い感覚があるのでしょうね。

だって、ほめてくれるのですよ。

「洗濯ばさみがずいぶん開くようになりましたね」って。

年を重ねて純粋にほめられることってなかなかなくなりました。「誰か俺をほめてくれ」なんてこれっぽっちも思わず生活してきました。でも、やっぱり、うれしいものですよ。

平日の午後2時30分から毎日行われたリハビリは私の筋力だけでなく、心の回復にも大きな役割を果たしてくれたのです。

第4章

コロナと私と #STAY HOME

起動

私の入院期間中、思いもかけないことがいくつも起きました。なんといっても新型コロナウイルスの世界的大流行をおいて他にはないと思います。私の入院生活もコロナの流行に揺さぶられてゆきました。

#うちで過ごそう運動

私の闘病は「単なるがんとの闘いとは違った」と指摘してくださる方が少なからずいます。私が入院している間に世界が一変してしまったからです。

そして日本に於《お》ける「うちで過ごそう運動」のきっかけを作ったのが私だとも言われました。

日本で最初に新型コロナウイルスのことが報道されたのは2019年12月31日だそうです。私はコロナのコの字も出ていない12月19日に入院し、日本の緊急事態宣言の真っ最中、4月30日に退院しました。

つまり武漢《ぶかん》パニックも、日本のマスク・消毒液品切れ騒動も、ダイヤモンド・プリンセス号船内感染も、小中高の臨時休校も、演劇やコンサートの相次ぐ中止も、東京五輪延期も、甲子園《こうしえん》大会中止も、志村けんさん、岡江久美子さんの訃報《ふほう》も、「人との接触8割減」も、「緊急事態宣言」発出も、すべて、病室のベッドの上で見守るしかなかったのです。

これまでの私なら、必ず取材に中継に現場に飛び出しているはずです。それが、病室に閉じ込められて何もできない歯がゆさの中で生きてゆくしかありませんでした。

2月中旬に「不要不急の外出の自粛」が提唱され、なるべく家の中にいてほしいと政府が国民にお願いしましたが、当初はなかなか聞き入れてもらえず、テレビは遊び歩いている若者や、パチンコ店に行列を作る大人たちを毎日のように放送していました。

私は「一体何を考えているのだ」とテレビを見ながらイライラ。

そういう人たちにマイクを向けると、

「家にいてもつまらない」

「リフレッシュ」

「1週間も家の中で自粛だなんて耐えられますか？」

ちょっと待ってほしい！

なにがリフレッシュだ、何がつまらないだ。「感染を広めないために家にいましょう」といわれているんだから、ちゃんとしようよ！　1週間ぐらいなんだっていうんだ。こっちはもう3か月も病院で苦しい治療に耐えているんだ。ただ家にいるだけがどれだけ幸せなのかよく考えてほしい！

現地に飛んで行って叱りつけたい衝動にかられました。

ちょうどそのころです。ハリウッドスターが「#STAY at HOME」「#Stay Home For」という運動をSNSで始めているというネットニュースを目にしていました。

日本は何をやっているんだと思いました。芸能人も著名人もだれも「外に出るな」と呼びかける人が出てきていなかったからです。

答えは簡単でした。呼びかけたとしても、自分が外に出ているので、「お前こそ、家にいろ」と口さがないネット住民たちの標的にされてしまうからでしょう。

そこで考えたのです。コロナが出現する前から「STAY HOME」ならぬ「STAY HOSPITAL」を続けている私ならば、しかも、がんと闘っていて感染拡大を防がなければ命の危険にもさらされる私ならば、「家にいろ」と声をあげても誰も文句は言えないのではないか！と。

できる！

しかも、当時は、私がインスタグラムに投稿すると、内容によってはすぐネットニュースがとりあげてくれていました。

うまくいけば運動は拡大する。今こそ自分が動くべき時がきた。3か月間何もできなかった自分が、社会に対して意味のある行動をとれるのではと考えたのです。

なんて呼びかければいいのか？　それが問題でした。「STAY at HOME」を訳すと、「家にいて」「自宅にいて」「家にいろ」どれもしっくりきません。最終的に「家で過ごそう」と「うちで過ごそう」という二つのキーワードを捻出《ねんしゅつ》し、迷った挙句に後者に決定。

忘れもしない3月27日、体調不良で前日には輸血を受けたばかりという厳しい状況でしたが、コロナは待ってくれません。私はインスタグラムとブログに投稿したのです。

■インスタグラム　3月27日　入院100日目
現在、無菌室から出られない身として、外の世界の〝コロナウイルス災害〟に、いてもたってもいられなくなりました
アメリカではTwitterで運動が始まっています
日本でもこうしたことを発信してもいいのかなと思って、思い切ってやってみました。私はTwitterをやっていないので皆さんで、この映像を

勇気を振り絞って撮りました

#うちで過ごそう
で拡散していただけませんでしょうか?
他にもアイドルの皆さんとか参加していただけると効果があってうれしいのですが…
もちろん、売り上げが減っている店舗、劇場、イベントなどへの公的支援も、あわせて急がなければいけません。病院の無菌室で守られているからこそ、何かしなければと思ってしまうんです
この週末それぞれの皆さんが自分のやるべきことをがんばりましょう
ご協力お願いいいたします

反応は高かったです。数日のうちに「いいね」を3万人以上の方が付けて下さり、ネットニュースでも、

「笠井アナ『#うちで過ごそう』拡散呼びかけ　「無菌室で守られているから
こそ…」
（J-CASTニュース　3月27日）

とのタイトルで記事になりました。ただ、それでも、全国の皆さんに訴えるには、大きな運動にするには限定的、力不足でした。

すると翌日、信じられないことが起きました。

あの日本一のYouTuber、HIKAKINさんが、「#うちで過ごそう」と自粛を呼びかける動画を投稿してくれたのです。これで運動に一気に火が付きました。「#うちで過ごそう」は突然とてつもない勢いで拡散したのです。トップYouTuberの力を見た思いがしました。

■ブログ　3月28日　入院101日目
今日Twitterを見て大変感動しました。YouTuberのHIKAKINさんが
#うちで過ごそう

と投稿してくれているのです。

まさに私の望んでいたことです！ＨＩＫＡＫＩＮさんありがとうございます。

会ったことありませんけれど（笑）。

ＨＩＫＡＫＩＮさんがTwitterに投稿してくれたと言う事は、若い人たちに、届く可能性がぐんと強まったと言うことです。


＃うちで過ごそう運動、百人力です。


ＨＩＫＡＫＩＮさんが動いてくださったことで、状況は一変しました。

長男から「トレンド１位になってるよ」と連絡をもらったときには我が目を疑いました。

「やったー！」と「りんちゃん日誌」に記したほどです。

――――
「ＨＩＫＡＫＩＮ『＃うちで過ごそう』動画公開→トレンド１位に
拡散呼びかけた笠井アナも感謝」（Ｊ-ＣＡＳＴニュース　３月28日）
――――

まさか、自分が発信した「#うちで過ごそう」がツイッターのトレンド1位になるなんて、今後一生実現しないであろうことが、この大切なメッセージで叶ったのです。自分が望んでいた最高の形となりました。

――「小池都知事、HIKAKIN〝外出自粛の呼びかけ〟動画と提案に感謝『#うちで過ごそう』」（ORICON NEWS 3月29日）――

都知事まで会見でこの運動にふれてくれて、「#うちで過ごそう」運動は大きく飛躍しました。病室のベッドの上で私は感無量でした。

「本当は小池さんは笠井さんに感謝すべきなんです」

「笠井さんが最初のはずなのに……」

ブログにはそんなコメントも寄せられてきましたが、全然気にしません。だって、HIKAKINさんが「#うちで過ごそう」を発信してくださらなかったら、こうはならなかったからです。

恥ずかしすぎた「病室失禁事件」

ここでSNSにまったく書かなかった、恥ずかしすぎて書けなかった〝事件〟を書くことにします。家族と看護師さん以外誰も知らない事実。

でも、「メモ魔」な私です。日誌にはしっかりと記録していました。

■りんちゃん日誌　1月7日　5時30分　入院20日目

おねしょ　してしまいました

それも大量に！失禁！

なぜだろう

こんなのはじめて、ショック

かわいい　かんごしさんに報告するのがいやでいやで、

シーツ、ふとん、ぜんぶ交換

はずかしい

まさか漏らすなんて。ありえない事態でした。

いくらメモ魔だからといって失禁時刻まで記す必要ないのに……。この日の日誌だけ時刻が入っているというのは、取材中、大変な事態に遭遇した時に「今、○時○分、××しました」というリポーター時代の癖です。

確かに大変な事態に違いありません。排尿障害が改善されたのでもう、おむつはしていないのです。

しばし、呆然《ぼうぜん》としました。

「なんで、今日、男の看護師さんじゃないんだよ」

そこに文句をつけてもダメ。悪いのは私。

「どうされました?」

「あの……漏らしちゃったみたいなんですけど……」

「大丈夫ですよ」

と、微笑みながらまったく動じない看護師Hさん。

「あらら、まあ」

などと言わないのです。すると、

「泌尿器の調子がいいんですね」

ベッドメイクをしながら私をほめてくれたのです。完璧《かんぺき》な返しです。私の排尿障害が改善したことを念頭に、さすがプロです。

「もぅ、こんな恥ずかしい失敗はしたくない」と、家族にも内緒にしていたら……

■りんちゃん日誌　1月18日　入院31日目
またも失禁！はずかしすぎる

夢を見た
豪邸に行くとプールのようなトイレがあって水中でしていいというシステム
新しい！と思って、そのまま気持ちよく放尿してしまった

夢を見ながら漏らすなんて小学生か！と思いました。
これで、話が終わるならいいのです。
しかし、まだ続きが……。
もういい、ねてしまおう。と思っていたら

看護師さんが「どうしました？」と入ってきた！

……3秒間の沈黙

（どうしよう？）（言う？言わない？）

「何でもないです」

しかし、挙動不審な私から目を離そうとしない。ごまかしてるのがわかってるのだ

「あの〜。もらしちゃいました。なぜ、異常がわかったの？」

「ナースコールが鳴ったからです」

「えー！」

またやったのだ。たまにやる〝お尻《しり》ナースコール〟だ。自分で呼んでいたとは

トホホ

「遠慮せずに呼んでくださいね」

やっぱり看護師さんは天使だ

読み直して、改めて顔から火が出そうです。

「お尻ナースコール」とは寝返った時などに自分のお尻などで延長スイッチのナースコールを押してしまうこと。なんで、肝心な時にそういうことをしてしまうのか？

やっぱり慌てていたのです。

実はこの日の夜勤は、前回の時と同じHさん！　ところが仮眠中で代わりのTさんが来てくれたのです。助かりました。おねしょ対応が二度同じ人では恥ずかしすぎますから、そのまま退院していたかもしれません。

「がんばらない日」があって良い

■ブログ　2月26日　入院70日目

「頑張ってください！」

これまでインスタグラムやブログには、全国のみなさんから、いや、遠く海外の方からもたくさんの励ましの言葉をいただいています。ホントにありがとうございます。

ただ、

「頑張ってる人に、頑張って！と言ってはいけないと思ってます」

「笠井さんは頑張ってるので、頑張ってとは言いません」

そして、

「あえて言わせていただきます。笠井さん、頑張って！」

みなさんが「がんばる」という言葉にとても気を遣って下さることもわかりました。

考えてみれば、私たちは生まれてから「頑張れ！」という言葉を何回も何回もかけられてきました。

その最初は、生まれてくる瞬間です。

私は、３人の息子の出産に立ち会いました。25年以上前からですから、生放送の司会やニュースのメインキャスターを休むのに毎回苦労しました（イクメンの先駆けだったんですよ）。

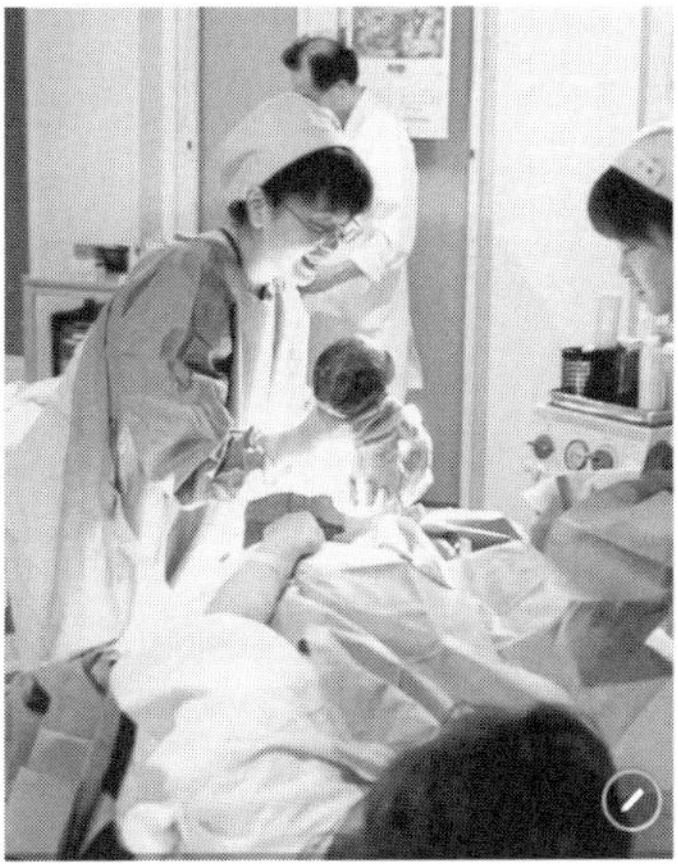

三男が生まれた瞬間（撮影　石川正勝）

これは三男が生まれた瞬間。カメラマンの友人が撮影してくれました。

何度「がんばれ！」と言ったことか…

寝返りをうつ、つかまり立ちをする、歩

き始める。

その度、子どもたちに「頑張れ！」と声をかけ…

私が首があげられるようになった時、
両親も「がんばれ！」と私に声をかけたことでしょう。

そして私たちは、幼稚園、保育園、小学校で、友達を応援する「がんばれ！」を覚えるのです。

しかし、成長するに従って、頑張っても叶えられないことがあることに気づきます。

成績が上がらない。部活動の試合に勝てない。そもそもレギュラーになれない。

志望校に入れない。そして希望の会社に入れない。

それでも周りから「頑張れ！」と声をかけ続けられて…

その「頑張れ！」に「頑張る！」と奮起する人、くじけてしまう人。

「頑張ってるんだよ。でも、どうしようもないんだよ！」

私が、直接そう言われたのは9年前。

東日本大震災の津波の現場取材の際でした。発災2日目に被災地入りし、毎日毎日悲惨な状況の被災者の皆さんに、どう声をかけてよいかわかりませんでした。

「頑張ってくださいね」

始めは、励ます意味で、そう声をかけていました。

しかし、ある被災者の方から「頑張ってるんだよ！」と悔しそうに言われたときに、「もう頑張ってというのはやめよう！」とスタッフと話し合いました。


しかし、お子さんからお年寄りまで、家を流され、家族を流され、それでもみなさん本当に歯を食いしばって頑張ってるんです。その姿を見ていると、もう涙しながら「頑張ってください！」と言うしかない自分がいました。

でも、多くの方には「頑張って」とは言えずに、「体気をつけてくださいね」と声をかけ続けていました。


あいさつ以外、人生でもっとも使う言葉の一つが「頑張れ！」「頑張る！」なのかもしれません。私は、「今、頑張らないでどうする！」と、常に自分を鼓舞しながらの56年間。

しかし、その価値観を大きく変えたのが、シンガーソングライターの宮崎奈穂子《みやざきなほこ》さんとの出会いでした。もう、何年も前の事になります。有楽町のガード下で、キーボードを弾きながら若い女性が歌っていました。

気づいたら、アルバムを買っていました。購入したアルバム「Milestone」は期待通りの優しさに満ち溢《あふ》れた作品集でした。

そして10曲目の「がんばらない日　Part2」に、私は心を奪われてしまったのです。いい歌なんですよ。初めて聞いた時、とめどなく涙が流れてきました。


「頑張らない日PART2」

♪　がんばっているから
上手《うま》くいかない日は　すごくしんどくて　逃げ出したいけど
全部無駄じゃないから　無駄にはさせないから
がんばらない日も作ろう　また笑えるように　♪

恐らく、この歌が心に響くのは、私が頑張ってるからなんです。

だから、「頑張らなくてもいいんだよ」と寄り添われると、気持ちが安らぎます。

でもね、人間ホントに頑張らないといけない時もあります。

定期テスト・部活・入試・入社試験・資格試験。そして、手術、闘病…

あきらめることは、いつでもできます。

でも、一縷《いちる》の望みがあるのなら、「頑張る」のが私の生き方です。


だから、「頑張って!」で、いいんです。

その言葉を力に、4回目の抗がん剤治療も、悪性リンパ腫そのものも乗り越えようと思ってます。

人は誰しも、応援して、応援される。

こうして、また、人生で交わす「頑張って」が増えていく。

だからこそ「がんばらない日」も大切なんですよね。

フォロワーの皆さんからは、

「『頑張る』の代わりに『願生る《がんば》』を送ります」

「『ガンバる』って『顔晴る《がんば》』って書くんだよって聞いて感銘を受けたことがあります。いつか必ず顔が晴れる、笑顔になれるんです」

　すると現役の看護師さんからもコメントが、

「私は『頑張って』の代わりに、『頑張ってますね』『頑張りましたね』と言うようにしています」

　そうか、そう言えばいいのか。目からうろこでした。

　すでに頑張っている人に「頑張ってますね」ならば、共感と肯定です。

「励ます」と「ほめる」は微妙に違う。私も毎回、抗がん剤投与を耐えぬいたときに看護師さんに良くほめられていました。

「仕事だから、ほめればいいと思ってるんでしょ」

と頭で冷静になろうとしても、やっぱり素直にうれしいものです。長い入院生活で心が弱くなっているのですね。

　でも心が弱くなっているから「頑張らなくちゃ」とベッドの上で天井を見ながら思うんです。

　そんな時に、「頑張らなくいいいんだよ」と言ってくれる宮崎さんの歌がスマホから流れてくると、知ってる歌なのに涙してしまうのです。
「そうだよなあ。もっと楽していいんだよな」と。

入院しても、連載は休みません

「おしゃべり」と言われて50年。一方で書くことも好きな私。この本で3冊目ですが、最初は、病み上がりなのでインタビュー形式で作る案がありました。しかし、「自分で書かせてください」と頼みました。

祖父が阿木《あぎ》翁助《おうすけ》という劇作家で、母も小学校の校歌を作詞していますので、執筆活動はDNAのなせる技なのかもしれません。

現在も続いている連載は、産経新聞の別冊「くらしの百科」の映画評です。カラー1ページで、毎月3本の映画を紹介して14年になります。また、スマートフォンで楽しむことができる「ぴあアプリ」でも月に3本ほど映画評を書いています。

両編集部にも私の悪性リンパ腫は衝撃を与えてしまいました。しかし、私は担当者に「最低4か月の入院中も連載は続けたい、休載にはしないでほしい」とお願いしました。

入院中にどうやって新作映画の映画評を書くのか？　と思うかもしれません。今は映画会社で行われる業務試写のほかに特別にDVD試写という手段があるのです。産経新聞の担当、Eさんに見たい作品を頼んで映画配給宣伝会社に特別にDVDを病院まで送ってもらいました。

すると、衝撃的な〝事件〟が起きてしまいました。

送ってもらった新作ラブストーリー。主人公の彼氏は誰もが知っている日本の人気俳優です。映画の後半、この彼氏が何か秘密を隠しているぞと思ってベッドで体を起こして見ていたその時でした。

「実は僕は……悪性リンパ腫なんだ」

「え————————！」（↑私）

その瞬間、腰が抜けるほど驚きました。いやベッドの上ですから、腰はぬけません。ベッドの上から落ちそうになったといえばいいでしょうか？　それくらい驚きました。画面の中の秘密を聞いたヒロインより私の方が大きいリアクションでした。

一体どういうことなのか？

物語の途中で主人公の恋人が病気だとわかったら、普通その人、死にます。

「ある愛の詩《うた》」から「世界の中心で、愛を叫ぶ」に至るまで、古今東西だいたい決まっているのです。

でも、悪性リンパ腫と闘っている私にそんな映画を見せるはずがない。そう思って私はＤＶＤを止めずに最後まで見ました。

死にました。

もう、物語を楽しむとかそういうレベルじゃありません。大ショック。

「どういうこと？　主人公の彼氏が悪性リンパ腫で死んじゃったよ」

電話の向こうで何も知らないＥさんが絶句しています。

そこで、映画宣伝会社の担当者に連絡をとってもらったところ、先方は反省していたそうです。彼氏が悪性リンパ腫で死ぬことは知っていたけれども「ネタバレになりますし、頼まれたので送りました」と。いや、そこ、いくら依頼があってもね、自動的に送らずに、ネタバレでいいからひとこと「鑑賞注意」とか、なにか注釈付けて送って欲しかったです。

彼氏が《悪性リンパ腫》、おそらく人類で一番驚いたのが私です。そこで困ったのは、この作品の評価です。この時ばかりは、私見を挟まずにできるだけ客観的な要素を見るようにして映画評を書きました。

そのあと、この彼氏役の俳優さんと電話で話す機会があったので、この話をしました。彼に責任はまったくありませんが「申し訳ない」とひたすら謝ってこう話してくれました。

「でもあの男は治療を拒んだ男なので、笠井さんとは違います」

それを聞いてホッとしている自分がおかしかったです。実は、こっちのほうが虚実をないまぜにしているのですね。

第5章

寛解

どん底が教えてくれた「生きる力」

退院決定！　でもコロナが怖い

4月、ついに退院の許可が出ました。

ところが先生から「退院してもいいですよ」と告げられた日が、ブログにもインスタグラムにも「りんちゃん日誌」にも、どこにも記録されていません。

あんなに待ち望んでいたのに、なぜなのか？

実は、最後の抗がん剤投与中に「緊急事態宣言」が発出され日本中大騒ぎになり、家族の面会も禁止。「退院だ、やった〜！」どころではなくなったのです。

「退院できそうだ」と家族や知人に話しても「良かったね〜。おめでとう」などという雰囲気ではありません。

「今退院して大丈夫なのか？」

「もう少し入院させてもらったほうがいいのではないか？」

もう、みんな異口同音に緊急事態宣言下での退院を心配するのでした。しかし、「コロナが心配なのでもう少しいさせてください」って、病院はホテルじゃないのですから。部屋の空きを待っている人もいるでしょうし、そうそう長居はできません。

退院が4月30日と決まり、さらに、もう一つ重大な事実が告げられました。

6回にわたる720時間の抗がん剤投与の結果、全身に散らばっていた私のがんが本当に消えたのか？　それを判断するのは退院2週間後のPET検査だというのです。

つまり、4月30日の退院はいわば〝仮退院〟。モヤっとしました。

「笠井さん退院おめでとう！」なんて、病院の正面玄関で花束もらったりして、先生方それに看護師さんたちに見送られて、

「長い間ありがとうございました」

とか言って、それを「とくダネ！」の密着カメラが撮影している……。

入院後期はそんなイメージトレーニングでモチベーションを上げてきたのに。全然違う。私にとって重要な退院日は、セレモニーなんて夢のまた夢、「一旦《いったん》、家に帰る日」に過ぎなかったのです。しかも、緊急事態宣言中なので取材も禁止！　気持ちがなかなか上がりません。

さらに、私たちがん患者にとって衝撃的なニュースが伝えられました。

志村けんさんに続いて、女優の岡江久美子さんが4月23日新型コロナウイルス感染で亡くなったのです。

■ブログ　4月25日　入院129日目
ブログをご覧になっている皆さま

今月中に退院できることとなりました。

「長かった」と感じる一方で
「こんなに短い期間で退院できるなんて素晴らしい」と言うのが本音です。

ここから、笠井信輔にとっての「コロナとの戦い」が初めて始まります。

皆さんの苦労と不安は、寄せられたコメントを読んで理解しているつもりです。

ようやく私の番が回ってきたのです。

退院が決まった途端に、岡江久美子さんが亡くなり、東京都の感染者数は1日161人を記録しました。

岡江さんは感染後、自宅療養をしている中で、急変し、亡くなりました。

コロナは、それだけ恐ろしい。

私は、無菌状態だったこともあるこの部屋から、ウイルスの蔓延《まんえん》している世界に、初めて飛び出すのです。

そこで昨日、私の呼びかけで、LINEでの家族会議を行いました。最近流行の、

スマホで顔を見ながらの対話です。そこで家族と確認しあったのが

「自宅内セルフロックダウン」

今、私が自宅で感染してしまったら、免疫力が低下しているので大変危険です。担当の先生からも、

「自宅内で家族と会話をする時には全員マスクをしておくように、できれば1メートルから2メートル離れて会話をするといいですね」

などアドバイスを受けました。

だとしたら、私は家族との接触を極力避けるべきなのです。退院したからといって、家族と食卓を囲んで賑《にぎ》やかにお祝いするなどと言う事は考えてはいけないと思いました。

私は自室にこもります。食事も1人。食事の上げ下げ時も家族に会わないようにします。

皆さんが人との接触を8割減らす努力をしているように、私も人（家族）との接触

なぜ？　話している最中に次々と顔を変える家族たち

をしないよう努力します。

それが、自分の命を守ることにつながると考えるからです。

家族は、私の訴えをストレートに受け入れてくれました。

しかしやっぱり、笠井家はちょっと違うなと思いました。

深刻に話をしていたのですが、みんなが画面上でいろいろな顔に仮装をしていくので、話の内容よりもその仮装が可笑《おか》しくて可笑しくて…！私はそのうち声を上げて笑い出しました。

免疫力が上がりました。

深刻になりすぎて、自らを追い込みすぎるのも良くないなと、笑顔もまた自分の命を守る方法なんだなと妻や3人の息子たちに教わりました。

家族には本当に感謝です。

そして、いよいよ4月30日、退院の日。

なんだかんだ言って、やっぱりうれしい！

興奮していたのでしょう。前の晩はあまり眠れませんでした。

抗がん剤で指がむくんできたので30年ぶりに外した結婚指輪を再び左手の薬指にはめて、担当の先生にご挨拶《あいさつ》をして……。うれしいのですが、どこか寂しい感じになりました。

4か月半も入院していると、海外でホームステイをした学生さんみたいな気持ちになるのです。看護師さんたちは皆さん、ほんとにいい人たちばかりで、私のことを支えてくれました。

病室を出てナースステーションに向かうと、看護師の皆さんが仕事中の手をとめて注目してくださいました。

看護師さんたちがくださった寄せ書き

「皆さん、ありがとうございました」

ホストファミリーとお別れする時にとっても切ない気持ちになるような、そんな気持ちになっていたら、看護師の皆さんたちから寄せ書きのプレゼントが。

ウラには、皆さんのメッセージが沢山！　感動しました。抗がん剤がなければ、もう少しいたいな、と思いました。

素敵な看護師さんたちとの時間は、今後も忘れることはないでしょう。

さあ、病院を出よう。

意味はないかもしれないけれど……コロナが怖いのでマスクを2重にして、病棟の玄関から外の風に触れました。

本当に心地よかった！

ようやくここまで来たのです。

誕生日、結婚記念日に間に合った！

退院して5月、6月いっぱい、2か月間を予定とする自宅療養が始まりました。対コロナ、セルフロックダウンの生活です。

実際は私の白血球量がなかなか伸びず、2か月を大きく超えて7月下旬になっても自宅療養は続いていました。きつく、かつ大量の抗がん剤を投与した影響が出ているからだそうです。

2階の自室には入院前に用意した机と介護用ベッドがあり、退院後、私はお風呂とトイレ、そして散歩以外は部屋の外には出ない生活を始めました。

食事の時には子どもたちが2階の私の部屋の前に料理を置いておいてくれます。それを1人で食べて、また空の食器を部屋前に置いておくという繰り返し、イメージとしては刑務所のようなものですね。

それでもやっぱり自宅はいいものです。

退院後2週間ほどたってから、早朝の散歩も始めたのですが、これに三男が毎日付き合ってくれるようになりました。兄弟の中で口数のもっとも少ない三男との会話がぐんと増えました。

最初の1か月はそれこそ完全なセルフロックダウンでしたが、だんだん慣れてくると、次男や三男がマスク姿で何かと理由をつけて私の部屋に来て時間をつぶして行くのです。

この本を書いていると、私のベッドの上で1人黙ってゲームをしていたり、一緒に私の部屋でテレビを見たり、たわいもない話をしたり……。

長男や次男が小学生のころは一緒にいる時間を大切にしていたつもりです。しかし、中学生になると毎朝テレビに出ている私に対する反発が始まって、「もうテレビに出ないでくれ！」と訴えてきました。

「恥ずかしい」「笠井アナの息子と目立つのが迷惑だ」というのです。誰のおかげで生活できているのか！　ですよ。

一方、私自身も仕事が忙しくなったので子どもたちと一緒に過ごせる時間はほとんどなくなっていきました。

がんになったことで、こんなにもたくさんの時間を子どもたちと一緒にすごせるなんて、大げさでなくちょっと夢のような出来事。「足し算の縁」は家庭内にも存在していました。がんになったからこその出来事、がんによる「貯金」はここでも増えたのです。

今までは何か非常事態の時に「ちょっと話があるからこっちに来なさい」という息子たちとの向き合い方でした。しかし、退院してからは、息子たちがなんとなくそばにいる、くだらない会話をして時間が過ぎる、そんな生活になったのです。もしかしたら普通の家庭ってこういうことをいうのかなと、これが幸せというものなのかなと、そんなことを感じるようになりました。

たまに次男と三男がいっぺんに私の部屋に来ることがあり、「密です」なんていって追い返したり(笑)。「いつまで2階にいるの」と妻に叱られたりしています。さて、退院日の4月30日の翌日5月1日はとても重要な日でした。

■インスタグラム　5月2日
昨日は三男の17歳の誕生日でした
1階では家族で誕生日会
2階では私が自宅内セルフロックダウン中
しかし、LINEテレビ電話をつなぎっぱなしにしておくと、まるで自分が、1階の食卓にいるように、映像を見ながら会話して食事ができるのです
この写真は、誕生ケーキが出てきた瞬間のスマホ画面のスクリーンショットです

LINEビデオ通話がこんなに楽しいとは

ＩＴの技術革新のおかげで、セルフロックダウンしていても孤独にならずに済むのはありがたいことだなと思いました

さらに、6月2日は30回目の結婚記念日。

この日を自宅でしっかりお祝いできたことは何よりでした。

結婚翌年から、毎年お祝いは欠かさなかったのですが、5年前の25回目、銀婚式の時は当時の総理が緊急記者会見をして急きょ取材が入り、お祝いのディナーが飛んでしまったので、「30周年はちゃんとしなければな」と思っていたんです。

まさかその時、自分がフリーアナウンサーになっているなんて考えもしませんでしたし、がんになるなんて、さらに思いもよらない想定外の事態。

人生ほんと何が起きるかわかりません。「結婚記念日の6月2日までには退院する」

と目標を立てていたので、実現できたことに安堵《あんど》しました。

事前に注文していたバラ30本をプレゼントの瞬間だけ1階におりて渡すことができたのです。喜んでくれました。

そして6月23日は妻の誕生日。もしかして、この日は家族と一緒に食事できるかなと考えていましたが甘かったです。LINEビデオをつないで2階と1階でハッピーバースデーを合唱し楽しいひと時を過ごしました。

笠井家は毎年春のイベントが目白押し、4月の私の誕生日こそ病室でしたが、なんとか退院することができて、自宅でほとんどのお祝いができてこのうえない喜びでした。

治療続行か寛解か、運命の日の大失敗

退院して20日が経ちました。

最新のPET検査の結果が出る日です。

この日の午前中に、ブログを更新しました。

■ブログ　5月21日

今日午後、「寛解」か「治療続行」かの診断がくだります。

ネットを見ると、有名な先生が「びまん性大細胞型B細胞リンパ腫」は40％が二次治療に移ると発言していました。

私はそのうちの「予後の悪いタイプ」。さすがにドキドキしますよね。

ただ「信じてる」とか「絶対に大丈夫」とか、そういう事は今は自分では思わないようにしています。

先生方も私も家族も、全力でこの病気と向き合ってきました。

その結果なので、どのような診断結果にせよ素直にそれを受け入れて、次に歩を進めようと思っています。

その覚悟はできています。

「今日のことブログに書いたの？」

「うん」

「そうなんだあ」

妻は怪訝《けげん》そうな表情でした。

なぜこのような予告ブログを書いたのか。

正直にその日の私の気持ちを述べると、「寛解」をいただく自信があったのです。根拠はありません。ただ、体の調子や、いままでの先生方の発言からそう信じていました。

ブログには、信じているとか「思わないようにしている」と書きました。それは、信じていると「思ってしまっているので」思わないようにしているという意味なのです。なんだかわかりづらい釈明ですみません。

しかし、このブログが後になって問題になるのです。

相変わらず、妻と長男に同行してもらって、先生の診察室に入りました。

「PETの結果です。微妙なんですよ。どうも腰のあたりに怪しい病変のようなものが確認できるんです。これが残ったがんなのかどうかの判断が極めて難しいんですね」

先生のお話は「画像解析の専門の先生にも相談してもう少し時間をかけて評価したい」、そして「100点ではないけれど、90点以上、家で仕事もしていいし、このまま自宅で過ごしてかまわない」というものでした。

つまり「寛解」の診断をいただけなかったのです。ショックでした。

ただ、次の段階の治療に進まなくて本当に良かった。最高のお返事ではありませんでしたが、胸をなでおろしました。

しかし、先生から、

「今日のこと、ブログに書いてましたね」

「はい」

「ああいうことは書かない方がいいですね」

と忠告されてしまったのです。

「そうですよね」

妻がかぶせるように言いました。こうした予告をすると、答えを待つ報道関係者に何らかの発表をしなければならなくなるからです。

「しまった！」

と意気消沈する私の脇で、妻が先生と、「この微妙な診断結果をブログにどう書くか？」という相談を始めました。

まるで芸能プロダクションの女社長が事務所のタレントの診断結果をどう発表するか話し合っているかのようでした。

「先生、診断結果、保留ということでは？」と、妻。

「いや、保留ではないんです」

めんどくさいことになって申し訳なかったです。結局、「100点満点ではないが90点以上」という表現に落ちつきました。

病院を出たところで、

「いろいろごめんね」

と、謝ると、

「まあ、ドラマチックになったと思えばいいんじゃない」

ニコッと笑って返した妻。さすがだなと感心しました。


その2週間後――。

PET画像の細かい解析結果が出たというので、病院へ。

もちろん、ブログにもインスタグラムにも何も予告は書きませんでした。

前回の自信はどこへやらです。

先生は画像をみながら、先日指摘した怪しげな影は、さらに詳しく調べた結果、がん由来のものではないと評価できるとし、

「完全寛解です」

「完全寛解？　寛解でなくて完全寛解というのがあるんですか」

「はい、データから見て笠井さんの体にがん細胞はありません。これを医学用語では完全寛解と言います」

「やった――――っ！　先生ありがとうございます」

もうなんと表現すればいいかわからないくらいの感情の発露がありました。

立ち上がってその場にいるみんなとハイタッチして大声で叫びたいぐらいでした。

信じていたけど信じられない。ようやくたどり着いたのです。

ただ、こういう時、いつも家族から「うるさい」と怒られるので、かなり控えめに喜びました。

私の後ろで話を聞いていた妻と長男が泣いていると思って振り返りました。が、2人とも普通。ちょっと拍子抜けでしたが、長男は黙って笑顔。妻は、

「絶対に大丈夫と思ってたから」

と、軽やかに返すのでした。

「ステージⅣ」から「完全寛解」へ。奇跡とも思える道をたどって私は復活しました。いまの医療がどれほど進んでいるのか、身をもって知ることになりました。治療に

当たってくださった先生方になんとお礼を言えばいいか。

抗がん剤治療中は、すべてが嫌になる瞬間もありましたが、あきらめなくて本当に、本当に良かった。

帰りの車の中で自宅に電話を入れました。高校生の三男でした。

「どうだったの？」

「完全寛解だって、父さんの体から全部がんが消えたんだって」

「ほんとに⁉　ほんとに！　良かったああ、ほんとに良かったあ！」

「父さんもうれしいよ。これから帰るから」

「うん、ありがとう！」

あんなに興奮して話す三男は久しぶりでした。妻と長男のリアクションが薄かったので、もう三男の反応がうれしくてうれしくて。あんまり、いろいろ言わない子なのですが、心配してくれたんだなと、涙が出そうになりました。

最後に、「ありがとう」と言ってくれたのです。がんから治ってくれてありがとう、と。今でも思い出すとジンと来てしまいます。

SNSは「光」……そう感じた日々

2019年10月にフリーになってインスタグラムを始め、12月に入院してからブログをスタートさせたので、SNSの世界に身を置くのはまだまだ初心者の私。「とくダネ！」において自ら悪性リンパ腫を告白したことで増えたインスタグラムのフォロワーは30万人を超え、ブログのフォロワーもおかげさまで一時17万人超になりました。自分の発信することに興味を持ってくださった方がこれだけいるとはと、信じがたいほどの数であり、とてもありがたい事だと思っています。

しかし、わずか3か月でフォロワーが1000倍増えた男が体験したのは、思いもよらないSNSの世界でした。それを一言で言うならば、「共感の世界」と「評価の世界」の断層。

同じネット上でも、自分がブログやインスタグラムで作り上げている世界（＝共感の世界）と自分が参加していないツイッターやYahoo!ニュースのコメント欄などで展開されている世界（＝評価の世界）では天と地との差があるということを知ってしまったのです。

当初から見舞いに来る友人知人には、

「いくらたくさんのフォロワーがいても、政治や世の中の動きに対して論評するようなことはしないつもり」

と話していました。そうした発言はどうしても炎上してしまう恐れがあるからです。

ところが――。

私が入院中に世界中がコロナによって汚染され、世の中が一変してしまいました。

私は安易に外出する人たちに我慢がならなくなり、「うちで過ごそう運動」を始め、自粛生活や政治に対する自分の意見をブログに書き始めたのです。

すると長男から「いい加減、政治について書くのをやめたほうがいい」と強い忠告を受けました。

それでも私は書くのをやめませんでした。

今思えばSNSの魔力にからめとられてしまっていたのでしょう。

自分の提唱した運動がネット上に広がる動きを見ながら私は生きる力が湧き上がるのを感じていました。

しかし、私は井の中の蛙《かわず》でもあったのです。

Twitterやその他の掲示板など自分のブログ以外の世界で、「病室の中にいて何がわかるのか？」という私に対する批判が出始めていることを私は知りませんでした。

そしてついに、私のある投稿が大炎上してしまったのです。

私のブログに「笠井さん評判悪くなってますよ。わかってますか?」と忠告が入ったため、指摘されたサイトを見に行くと私に対する罵詈雑言《ばりぞうごん》が並べ立てられていました。

恐ろしかった。恥ずかしかった。

自分のブログやインスタグラムから1歩外に出ると、私の言動にイライラしている人たちが少なからずいたのです。

「父さんはもう、一つのメディアなんだよ。わかってる?」

長男から強く言われました。

当時、私がブログに何か書くとすぐにネットニュースになることが続いていました。コロナ騒動で芸能活動がストップし、記者会見もインタビューも、初日を迎える映画・演劇もなくなりました。

そんな中、毎日更新する私のブログやインスタグラムは当時日々の〝芸能ネタ〟として取り上げやすかったのです。ここに、違和感を持つ人たちが一定数いました。

実はもう一つ、世の中の動きで書かずにはいられないことがありました。テレビ朝日「報道ステーション」のキャスター富川悠太《とみかわゆうた》アナウンサーの新型コロナウイルス感染です。ネットにおける富川アナへの批判があまりにもひどすぎて黙っていられなかったのです。

彼の性格やアナウンス技術に関することまで、とにかく何でもかんでも批判の嵐。こうした言葉に彼が傷ついて復帰が遅れていたのではないかと心配になった私は、彼を擁護するブログを書きました。

ブログはすぐにネットニュースとなって伝わっていきましたが、それに対する反応を私は読まないようにしていました。

怖かったからです。今度は私が袋叩《ふくろだた》きにあうのではないかという恐怖がありました。ならば書かなければいいと思うかもしれませんが、書かずにはいられなかったのです。これもまたSNSの魔力なのかもしれません。

ちょうどこのころ、私はラジオ番組に出演し、ある有名歌手の方からいただいたお見舞いのプレゼントがとてもうれしかったというエピソードを実名で話しました。すると、これが、私は意図していなかったのにネットニュースなってしまったのです。

ニュースサイトの皆さんの書き込みに私は愕然《がくぜん》としてしまいました。

「また自慢ですか！」「相手のことを考えているのか」「いい加減しゃべらないで欲し

い」

次から次へ上がってくる批判に私は耐えられなくなりました。

ただ、私にはわかっていました。自分はどこかで引きずり下ろされるのではないかと。目立っている人間を叩きたいと言うのが世の常なのです。あの堀ちえみさんだって、闘病中のちょっとしたことで炎上していました。

単なるオヤジアナウンサーががんになったからと言うだけでたくさんのフォロワーを得て、書いたことが毎日のようにニュースになっている。これを気に入らないと思う人がいないわけがないのです。

私はずっと自分のブログやインスタグラムに寄せられたコメントだけを読んで優しい世界に浸ることにしました。

確実なのは、フォロワーの皆さんの存在によって力を得た私は、辛《つら》い抗がん剤治療にも耐えることができたという事実です。

退院してからも、ブログやインスタグラムの皆さんのコメントは本当に温かいと感じています。

一方ニュースサイトでは、元気になったのだから同情はいらないと感じている皆さんが容赦ない言葉を浴びせてきました。

「またこいつのニュースか」「目障りなのでもう発信しないでください」「この人、国民的アナウンサーなんですか？」

と言いたい放題。私の発言内容というよりは、ネット上に私が存在していることについて不満があるらしいのです。

しかし、私には同じネット上に沢山の名も知らぬ〝友〟がいます。その友が与えてくれる勇気と力は相当なものです。

妻がこんなことを言っていました。

「いろいろな人から、『笠井さんを支えて偉かったですね』とか、『あなたも頑張ってすごいね』と良くほめられるんだけど、私はいつも『私ではなくて、笠井を支え、治してくれたのは、名も知らない沢山のSNSのフォロワーの皆さんなんです。皆さんの応援の声に本当に心から感謝しているんです』と答えてるのよ。だってそれ、本当なんだもの！」

SNSには大きな落とし穴がありますが、一方で、人に寄り添う、応援する、慰める、力づけることに大いなる力を発揮するのもSNSなのです。

マスコミの人間は「注意喚起」という視点を忘れてはいけないので、どうしてもSNSの「暗部」に目が行ってしまいます。

しかし、今回、苦しい入院生活を乗り越えることができた後ろ盾の一つは、SNSで温かく応援してくださった本名も知らない皆さんの存在でした。その「光」に救われたのです。妻が言うことは本当なのです。

SNSが形成する新たなパワーを身をもって体験した私は、SNSの魔力にからめとられずに、多くの皆さんがSNSの光を、良い形で浴びられることを心から願っています。

自分の力、家族の力、そして生きる力

私ががんになったことで、家族のあり方、夫婦の形が大きく変わりました。これは当然のことなのかもしれませんが、3人の息子たち、そして妻がとても優しく私に接してくれるようになったのです。

とてもありがたかったのは、妻が率先して明るくふるまい落ち込みがちな私を励ましてくれたこと。「ステージⅣ」で「全身にがんが散らばっている」という状況の中で、深刻になって一緒になって泣いてくれるような家族でなくて本当に良かったと思っています。私は涙もろいので、同情してくれるうれしさから自分も泣いてしまってどんどんと気分が落ち込んでしまう可能性が高いからです。

おそらく結婚30年でその辺りのことは妻がよくわかっていたのでしょう。実は心配性で非常に泣き虫な女性なのですが、こと私の病気に関しては「大丈夫よ」と常に前を向いていて、私の前で涙を見せたことはありませんでした。とても感謝しています。

子どもたちは私ががんを伝えてから入院するまでは、「腰痛に苦しむお父さん」ぐらいにしか感じていなかったと思います。この本にも書いたように、入院直前にまったく家事や炊事を手伝わない子どもたちに対して真夜中に妻が激怒する事件がありました。

普段から子どもたちにやらせていなかったのは私。ブーブー文句を言われるのが嫌で、それだったら自分でやった方がずっと早いので、洗濯も風呂の掃除も食洗機に食器をかけるのも、妻がいない時は全部私がやってしまっていたのです。それがいけなかったのです。

こういう緊急事態の時に日ごろからのしつ

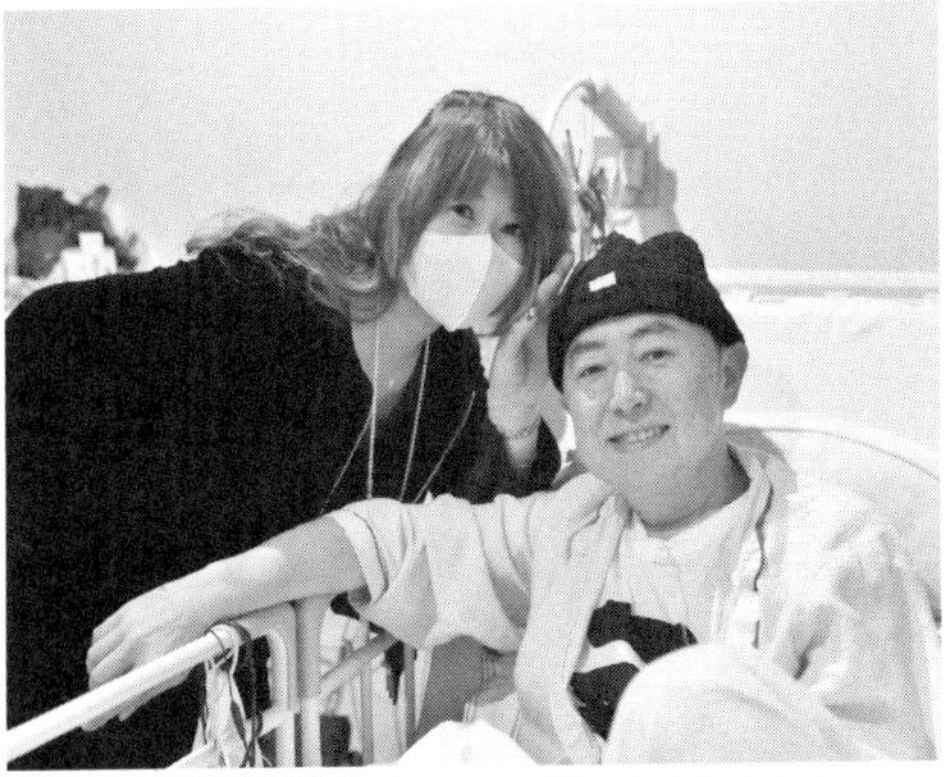

妻は「ますみ流ハンドパワー」を送ってくれました

三男は私の癒し

け、育て方が出るものだなと痛感しました。

　ところが入院中に高校生の三男が卵焼きを焼いてきてくれました。それも「おばあちゃんに教わってきた」と言うではありませんか。私のためにわざわざ私の母のところに行って「おふくろの味の卵焼き」を作ってきてくれるなんて、こんな幸せなことはないです。感動しました。いい子に育ったなと思いました。

　さっきとまったく逆のことを言っているようですが、いざとなったらやる子だったんだなという意味です。

　私ががんにならなかったらこうした幸せは味わえなかったと思います。しかし、だから、がんになって良かったと言っているのではありません。「足し算の縁」、がんになってこんなことがあった、という貯金の一つが三男の料理なのです。

しかも三男は、このことをきっかけに料理に目覚め、私が退院した後などは、妻が仕事に出ていると「今日の昼は僕がつくる」と言って、焼き飯や、野菜炒《いた》めなど作ってくれるようになりました。卵焼きの腕もさらに上がり、ふんわりとほのかに甘い卵焼きを作れるようになったのです。もはや「三男の味の卵焼き」です。

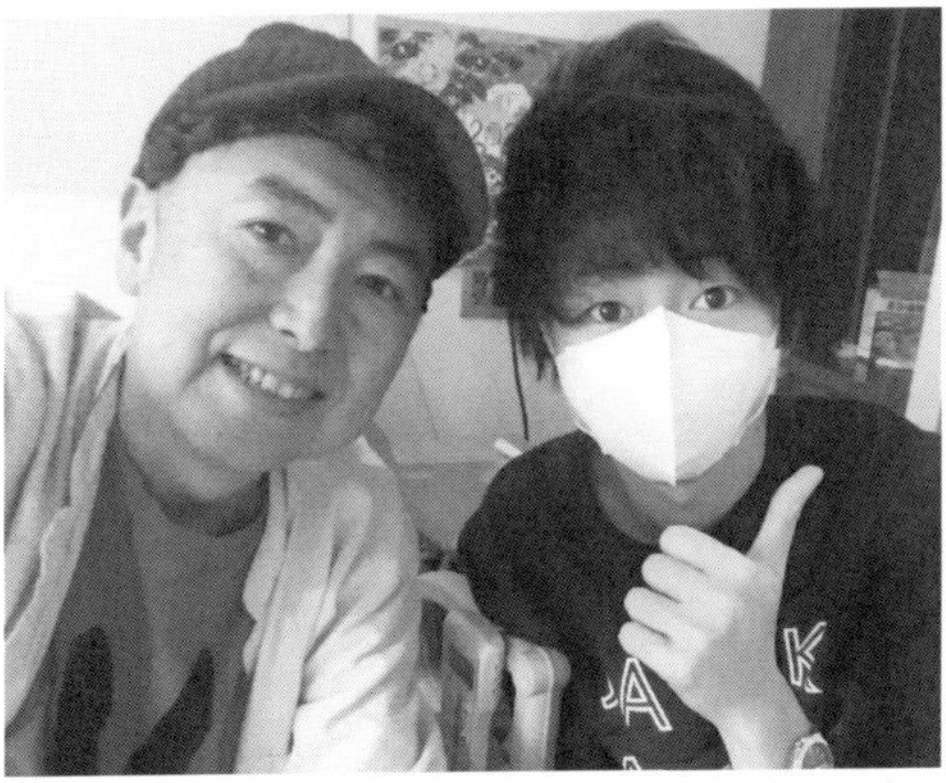
長男は実務を、次男（写真）は笑顔を担当してくれました

一方、次男は黙っていても浴槽を洗い、台所の食器洗いも進んでやってくれるようになりました。スパゲッティ作りは次男の十八番《おはこ》です。

危機が訪れると家族は一つにまとまる、とよく言われますが、その実例を私は目の当たりにしました。正直、このうえなくうれしかった。

ただ、一つ心配なことがありました。

「この幸せはずっと続くのだろうか？」

「退院したらみんな元に戻ってしまうのではないか？」

あれから半年、それは現実のものとなりつつあります。退院して2か月経って子どもたちは何かと「もう病気じゃないんだから」というようになりました。「都合のいい時だけ病気とか、がんとか言うんじゃないの」とも言われます。「完全寛解」という診断で、子どもたちは「もう治ったんだ」と感じているようです。寛解を内緒にしていればずっと優しくしてくれていたかもしれない、などと変な後悔もしました。

しかし、実をいうと、家族が優しくなった原因は私にあるのではないかと考えるようにもなったのです。

病気になる直前の私は、家族からはあまり評判の良い夫・父親ではありませんでした。猛烈に働いて家にいる時間が短く、しかも、自分の生き方に自信があったので、素直に家族の言うことを聞くような父親ではありませんでした。

しかし、がんを告知され、家族の中で一番の弱者となった私はとても素直になったそうなのです。

「みんなが変わったわけではない。あなたが変わったからなのよ」

妻はそう説明してくれました。それが退院して、だんだん私が元気になってくると、「以前のお父さん」に戻り始めたようなんです。そういう時には私の言動で再び家庭内トラブルが勃発《ぼっぱつ》していました。

がんになってせっかく新たな家族関係を構築できたのならば、これを崩壊させてしまうのはあまりにも残念なことです。

会社を辞めた直後に大病をしたということは、「会社人間としての昭和的なモーレツ男の生き方を変えなさい」という天の啓示なのかもしれないのです。がんになって、良い夫、良い父親になるチャンスを、その時間を私はもらったのかもしれません。

「あれだけの大変な体験をして、それでもあなたは元の笠井信輔に戻ってしまうのですか？」

先日、妻に言われた言葉です。かなり響きました。これまでの私は、家族のためというよりは自分のためにがむしゃらに働いてきたと言っていい人生でした。

会社を辞めた今、新たに命をいただいた今、もう少し周りを見て余裕のある働き方、生き方をする、そんな人生ならば、自分の先には幸せが広がっているのではないかと思うようになりました。

そんな人生を歩みたい。

でも結構大変だと思います。

半年間仕事ができないことによって私はゲートの中でスタートの合図を待っていき

り立つ競走馬のような精神状態になっているのです。今までの分を取り返そうとまた猛烈に働きたいと思っている自分が一方にいるのです。

しかし、そんな働き方をしていたらまたすぐに体を壊してしまうことは目に見えている、と妻は言います。そこそこの忙しい生活にならないかな？　そんな都合の良いことも考えます。

これからの人生はもっともっと家族の笑顔を見ていたいのです。

正直言って病気になる前は、たくさんたくさん働いて人気者になるのが夢でした。求められていない作業にまで手を出して評価とスキルを上げようと、がむしゃらになっていたサラリーマン局アナ時代でした。それはそれで一つの結果となって私の局アナ人生の支えとなっていました。

しかし悪性リンパ腫というがんは「そうではない生き方が、次の人生の幸せなのかもしれない」と気づかせてくれました。

人生観が変わるというのはこういうことなのでしょう。ガラッと変わるのではなく、これだけの大病をしたのだから、少し別の生き方をしてみようかと、線路のポイントを切り替える力を与えてもらったということ。そのポイントを変える力こそが「生きる力」であり、そういう新たな人生を選択する力を、私は悪性リンパ腫に与えてもらったのだと思っています。

おそらく簡単にはそのポイントは切り替えられないでしょう。ポイントを切り替えた先の線路がまだまだ建設中だからです。これまでのがむしゃら路線の方がしっかり強固に先が見えています。こうすればこうなるということが経験によってわかっています。

でもそれでは何も変わりませんし、面白くありません。

自分の中に生まれた新たな「生きる力」で今まで自分が選ぶことのなかった道を歩みたい。がんによって与えられた力によって、「新しい笠井信輔」を家族にも、皆さんにもお見せしたい。いまは、そんな風に思っているのです。

おわりに

「10万字が単行本の目安です」

そうアドバイスされて、退院してすぐに書き始めた本書。第1稿は13万字超！まさかのがん体験は、書くことが山ほどありました。写真ももう少し載せたかったのですが、ネットでよりリアルなカラー写真をご覧ください。第2稿で2割も泣く泣くそぎ落として今の形となりました。

しかし、皆さんからブログやインスタグラムに寄せられたコメントはほとんど残しました。それは、この本の生命線だからです。

本を書くことが決まった時に、まず母に言われたことも、「皆さんからの感想は素晴らしいから載せた方がいい」でした。80歳の母がSNSの絆《きずな》に驚いていたのです。

私も今回、SNSの光と影の「光」を強く感じました。相手の方は顔はおろかハンドルネームしかわかりません。しかし、皆さんとの絆、つながりが自分の中ではとても大きな財産になりました。ただ、どなたにもお返事を返すことはしませんでした。

今でも申し訳なく思っています。しかしそれは一部の方だけにお返事するのはよくないと考えていたからなのです。また、すべてのコメントの中から、どれを本書に取り上げさせていただくかも本当に悩みました。すべて掲載したいぐらいでしたが、ご理解いただけるとうれしいです。

実は、本書では書きませんでしたが、我が家は18年前、大事な家族をがんで亡くしています。同居していた妻の母（恵美《えみ》）です。三男が妻のお腹の中にいる時でした。長男と次男は働く妻の代わりに義母に育ててもらったといっても過言ではなく、深い愛情に溢《あふ》れた美しい人でした。がん発覚からわずか6か月、65歳の若さで天に召されました。その喪失感はあまりに大きく、妻も自分の母の死を乗り越えることができているのか、いまだにわかりません。

だからこそ、これからは義母や自分に起きたこと……がんというものを自分の伝える活動の一つに加えていこうと思っています。「オンコロ」というがん情報サイトで動画の企画をはじめました。認定ＮＰＯ法人「キャンサーネットジャパン」主催の「血液がんフォーラム２０２０」にも参加させていただきました。

この10年、私は東日本大震災の各地域と交流を続けてきましたが、今回がんになったということは、「走り回る現場取材だけではなく、がんというみんなが恐れるものとも向き合い伝えなさい」という神様からの思《おぼ》し召しだとも思っています。

本書を出すにあたってKADOKAWAの編集担当、堀由紀子さんには大変お世話になりました。表紙の写真は、次男が0歳、三男は出産の瞬間から撮影してくださっているカメラマンの石川さんにお願いできてよかったです。

また、いつも親身になって考えてくれるマネージャーの加藤さんには、「自分は裏方なので……」と固辞されましたが、無理を言ってフルネームを出させていただきました。応援してくれた友人や仲間たち、SNSでつながった皆さん、ありがとうございました。

そして、私をここまで治してくださった医療関係者の方々にも、あらためてお礼申し上げます。感謝でいっぱいです。

最後に……、何よりも誰よりも、くじけそうな私を最初から笑顔で支え続けてくれた妻・ますみと、ちょっと成長した真面目な3人の息子たちに感謝をのべさせてください。

みんなが家族で本当に良かった。心から、ありがとう。

装丁　坂川朱音（朱猫堂）

NexTone許諾番号 PB000050817

本書内に掲載している写真は、特にことわりのない限り著者撮影です。

ＤＴＰ　オノ・エーワン

本書には著者のアメーバブログ、およびインスタグラムに寄せられたコメントを掲載しています。著作権者の方には連絡を取りましたが、連絡のつかない方もいました。著作権者の方のお問い合わせは、弊社編集部までお願いいたします。(編集部)

笠井信輔（かさい　しんすけ）
1963年、東京都生まれ。早稲田大学を卒業後、アナウンサーとしてフジテレビに入社。「とくダネ！」など、おもに情報番組で活躍。2019年10月、フリーアナウンサーに転身。直後、ステージ4の悪性リンパ腫に罹患していることが発覚。12月より入院。ブログで闘病の様子をつづり、ステイホームの呼びかけ（#うちで過ごそう）も行った。20年6月に完全寛解し、その後、仕事に復帰した。著書に『増補版　僕はしゃべるためにここ（被災地）へ来た』（新潮文庫）など。ブログは16万人超、インスタグラムは29万人超のフォロワーを持つ。

生《い》きる力《ちから》　引《ひ》き算《ざん》の縁《えん》と足《た》し算《ざん》の縁《えん》

2020年11月20日　初版発行
2023年４月15日　５刷発行

著者／笠井信輔《かさいしんすけ》

発行者／山下直久

発行／株式会社KADOKAWA
〒102-8177　東京都千代田区富士見2-13-3
電話　0570-002-301(ナビダイヤル)

印刷・製本／大日本印刷株式会社

ISBN 978-4-04-109999-5　C0095